超次元ゲイム ネプテューヌ THE ANIMATION

TGS 炎の二日間

只今、開催中!

TGS
超次元　ゲイムギョウ界　ショウ

「……ベールハウス？」
？
ベールハウス

ブースの一角に設置された、
透明の壁に囲まれた不思議な空間。
そこでベールは、周りの視線なんて
おかまいなしに、ゲームを楽しんじゃっていた。

プラネテューヌ

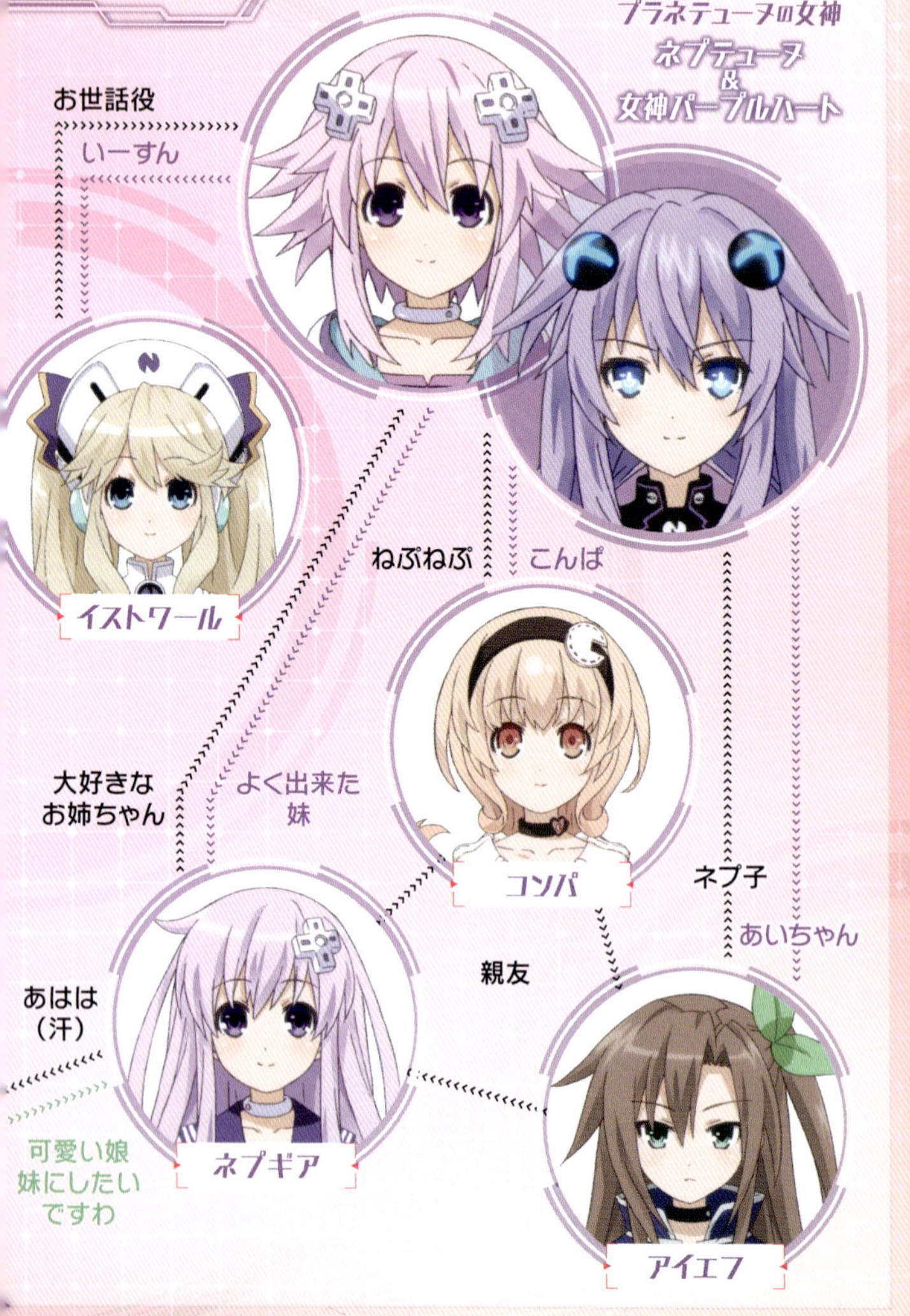

プラネテューヌの女神
ネプテューヌ
&
女神パープルハート
お世話役
いーすん
イストワール
ねぷねぷ
こんぱ
コンパ
大好きな
お姉ちゃん
よく出来た
妹
ネプ子
あいちゃん
親友
あはは
（汗）
可愛い娘
妹にしたい
ですわ
ネプギア
アイエフ

ラステイション
ラステイションの女神
憧れの存在
自慢の妹
ノワール
&
女神ブラックハート
ユニ
ルウィー
ルウィーの女神
ブラン
&
女神ホワイトハート
世話が
かかるが
可愛い妹
ラム
お仕事ばかりで
構ってくれないから寂しい
(いたずらしちゃえ)
ロム
リーンボックス
リーンボックスの女神
ベール&女神グリーンハート

PERDIMENSION NEPTUNE

CONTENTS

超次元ゲイム ネプテューヌ

TGS 炎の二日間

八木れんたろー
原作:アイディアファクトリー・コンパイルハート

MF文庫J

口絵・本文イラスト●ひづき夜宵
サブタイトルロゴ●アフターグロウ

HYPERDIMENSION NEPTUNE

CHARACTER INTRODUCTION

》ネプテューヌ NEPTUNE

プラネテューヌの守護女神。主人公にして、屈指のムードメーカー。女神としてのお仕事はサボりがちだが、その楽天的で天真爛漫な性格ゆえ、グウタラな部分もひっくるめて周囲から愛されているという得な性分。

》パープルハート PURPLE HEART

ネプテューヌの変身後の姿。変身前の子供っぽさやいい加減さはどこへやら、大人な雰囲気のクールビューティーとなる。攻撃力、守備力の両方に優れたオールマイティー型で、主人公らしいチートっぷりともっぱらの噂。

》ネプギア NEPGEAR

プラネテューヌの女神候補生で、ネプテューヌの妹。真面目なしっかり者で、姉とは正反対の優等生。ひたすら姉をフォローする役に回ることも多いが、本人は誰よりもお姉ちゃんが大好きなので、むしろ嬉しいと思っている。

》イストワール HISTOIRE

プラネテューヌの歴史を記録するために、過去の女神が作った人工生命体。歴代女神の補佐役も担っており、ネプテューヌも大いに頼っている。膨大な知識が蓄積されているが検索機能はイマイチらしく、調べ物はだいたいみっかかかる。

》ノワール NOIRE

ラステイションの守護女神。典型的努力型で、女神の仕事に日々邁進し、国を成長させ続けている。その真面目さゆえに優しさを見せるのが苦手で、人からの好意に素直になれないことも多い。要するにツンデレちゃん。

》ブラックハート BLACK HEART

ノワールの変身後の姿。変身前のまっすぐ過ぎる使命感が、向こう見ず過ぎるアグレッシブさへと変化して、考えるより先に先制攻撃というタイプになる。それが事態を却ってややこしくすることが多いのは、内緒。

》ユニ UNI

ラステイションの女神候補生で、ノワールの妹。姉から右腕として認めてもらうべく日々頑張っているが、なかなか褒めてもらえないのが悩み。ネプギアなど大好きな友達に、つい強気な態度を取ってしまうツンデレちゃんぶりは姉譲り。

»ホワイトハート WHITE HEART

ブランの変身後の姿。変身前はキレた時にしか現れない荒っぽさが、前面に出てくる。小さな体躯から容赦なく繰り出されるパワー型の攻撃は、まさに圧巻。ちなみに変身後も、胸についてのコメントは禁句。

»ブラン BLANC

ルウィーの守護女神。四女神の中でもっとも幼いルックスながら、女神としての経験は一番長い。普段は無口で大人しいが、キレると不意に荒っぽい言葉遣いになることもある。ちなみに胸についてのコメントは禁句。

»ラム RAM

ルウィーの女神候補生で、ブランの妹。双子の姉・ロムとは対照的に、活発で思ったことを何でも言う性格。常にロムをリードし、イタズラをするときも、やり始めるのは大抵ラム。その好奇心と行動力はブランを大いに悩ませている。

»ロム ROM

ルウィーの女神候補生で、ブランの妹。内気で大人しい性格で、その気持ちは双子の妹・ラムに代弁してもらうことが多い。ラムともども甘えたい盛りのため、仕事で多忙なブランがあまり構ってくれないことを寂しく感じている。

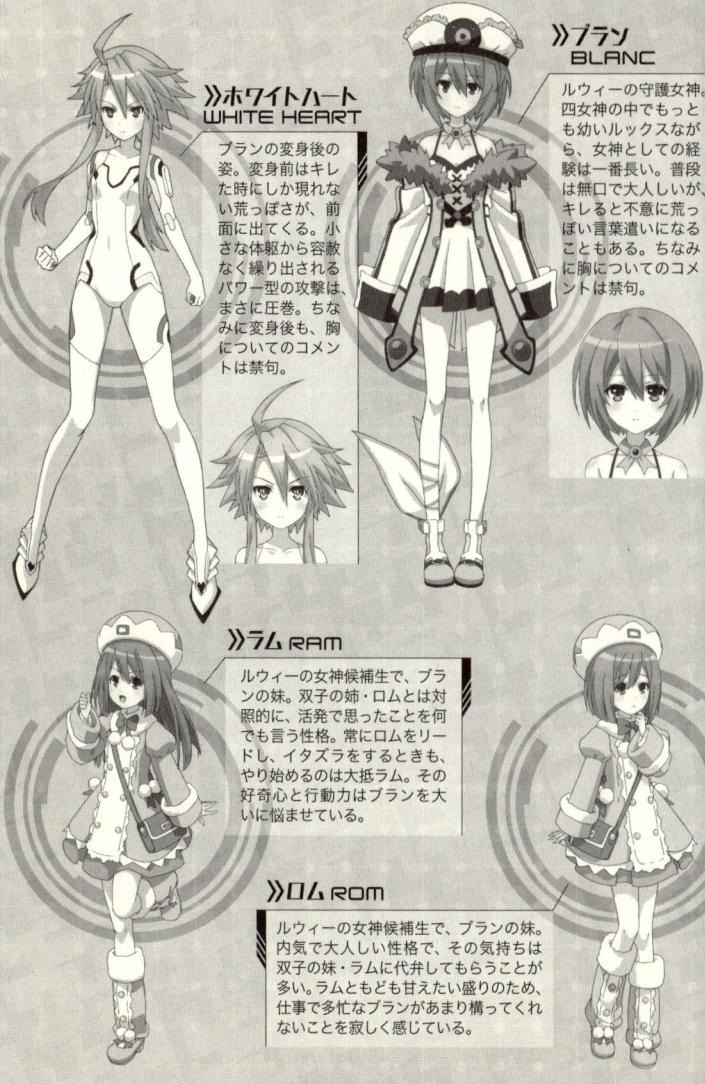

》ベール VERT

リーンボックスの守護女神。四女神の中ではもっとも大人っぽいルックスを誇る。行動も余裕あるおっとりマイペースで、まさに大人だが、実は重度のゲームオタク。ちなみに本人はそんなつもりはないらしいが、誰がどう見ても胸の大きさが自慢なご様子。

》グリーンハート GREEN HEART

ベールの変身後の姿。他の女神と同じく多少アグレッシブ寄りになるものの、その包容力は（胸の大きさも）変わらない。槍タイプの武器による中距離攻撃で「安全なところからひと刺し」と、攻撃の仕方まで何だか大人。

》アイエフ IF

プラネテューヌの諜報部員。ネプテューヌ、ネプギア、コンパとは固い友情で結ばれている。クールで真面目な常識人ゆえに、主にネプテューヌのボケにつっこむ役どころ。ただし戦闘時は、中2病をこじらせた技名を叫ぶという一面も。

》コンパ COMPA

プラネテューヌで働くナースで、困っている人やケガしている人を放っておけない優しい性格。ネプテューヌ、ネプギア、アイエフとは固い友情で結ばれている。ほんわかした雰囲気で場を和ませる達人。柔らかそうなお胸の持ち主でもある。

TGS直前！
突撃ルポ

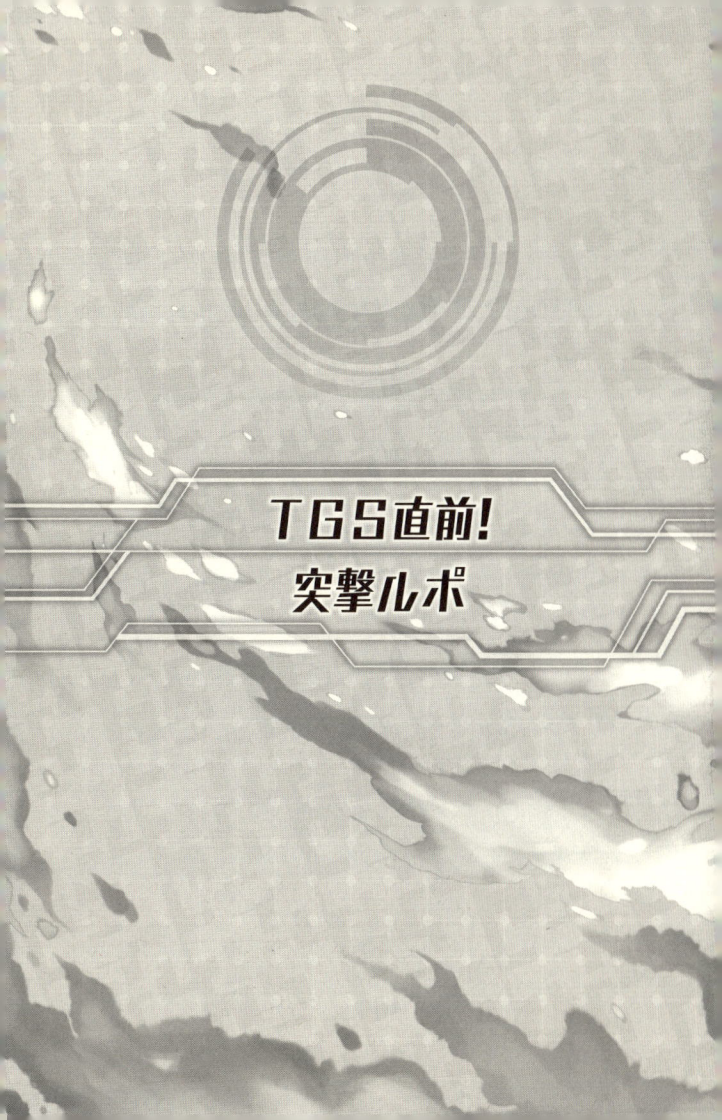

これでちゃんと映ってるのかな？

……え？　もう始まってる？　えーと……。


ニヤニヤ生放送ご視聴のみんな、こんにちはー。

今日は、超次元ゲイムギョウ界ショウ――略してTGSの直前ということで、準備中の各ブースを回って、見どころをリアルタイムで紹介していっちゃうよ。やったね！

そもそも超次元ゲイムギョウ界ショウって何？　って人は、本編を確認してね。説明すると長くなっちゃうから。

あ、自己紹介が遅くなっちゃったけど、わたし、ネプテューヌ。プラネテューヌって国の女神様をしてるんだ。女神様だよ女神様。すごいでしょ。え？　知ってる？

ま、まぁ、他《ほか》の女神も紹介していくから、最後までゆっくり見ていってね。

さーて、それじゃ、まずはどこから見ていこうかな。

ここは、ラステイションブースだね。ノワールは……今はリハーサル中かな？

「あら。何してるのよ」

あ、ノワール。今、大丈夫？

「はい？」

彼女はラステイションって国の女神様で、性格は一言でいうとツンデレかな？　で、スリーサイズは上から83・56・80。

大きすぎず、小さすぎず、適度に膨らんだお胸に、これまた適度に引き締まった身体《からだ》。まさに優等生って感じだよね。

「ちょっ、いきなりやってきて、何言ってるのよ!!　そもそも胸の大小なんてあなたに言われたくないわ！」

ええーひどいなー。えっとね。実はかくかくしかじかってわけで。

「ふーん。ニヤ生で紹介ねぇ……って、待って。もしかして今も配信されてるの？」

うん。そうだよ。全国１００万人のニヤ生ユーザーが端末の前でニヤニヤしてるんじゃないかな。

「そ、それを先に言いなさいよっ。こっちにも準備ってものがいるのよ、準備ってものが!!」

ノワールがひとりでヒートアップしているところに、黒髪ツーサイドアップのどこかノワールに似た雰囲気の子が近づいてきた。

「お姉ちゃん、どうしたの？」

ユニちゃんだ。こんにちはー。

「あ、ネプテューヌさん。こんにちは」

ぺこりと挨拶《あいさつ》を返してきたのは、ノワールの妹のユニちゃん。お姉ちゃんとおんなじツンデレだけど、お姉ちゃんラブを拗《こじ》らせてるあたりがたまらなく可愛《かわい》いよねぇ。肝心のスリーサイズは77・55・81で、今後に期待です！

「ええっ!?」

じゃあ、最後に見どころを二行で紹介して。

「そ、そんな急にっ！　無茶ぶりすぎます！　えーと……ラステイションブースでは歌と踊りのショウに、女神グッズの販売、握手会なんかもしているので、みなさん、遊びに来てくださいね」

残念。ちょっとはみ出しちゃった。

次！　ルウィーのブースだよ。

あれ？　あんまり人がいないなぁ。

「何か、用……？」

あ、ブラン発見。いや、ここは見つかったが近い？　発見音鳴っちゃったかな。

ブランはルウィーの女神で、人見知りで無口、ストレスが溜《た》まりに溜まると爆発しちゃうのが玉にキズだけど、面倒見がよくて老若男女幅広く慕われてるんだ。

性格が結構弾《はじ》けてるのにスタイルは71・53・75は……弾けてないよねぇ。

「今、すごく失礼なこと言わなかった……？」

ま、まぁ、それはともかく、あんまり人がいないみたいだけど、準備は大丈夫なの？

「今は休憩中だから……」

と、言いながら片手に提げた紙袋を持ち上げるブラン。なにそれ？

え？　そ、その袋は……ミセスドーナッツ!?　わぁ、いいなぁ。ちょーだい！

「……ひとつだけなら、わけてあげてもいいわ」

本当？　やったぁ。

キビ団子もらって意気揚々なお供さながら、ブランについていった先には、

「お姉ちゃん、お帰りー」

「あ、ネプテューヌさんも。こんにちは……」

ブランの双子の妹のラムちゃんとロムちゃんがいた。

元気で髪が長い方がラムちゃんで、控えめで髪が短いのがロムちゃん。二人とも上から
……ちょっとはある・ほそい・ほんのり、数字じゃないのは大人の事情ってやつなんで、
つっこまないでね。わたしからのお願い。

「差し入れ買ってきた」

「わーい、ドーナッツだぁ♪」

「お姉ちゃん、ありがとう……」

お礼を言いながら、ドーナッツを食べ始める二人。

わたしは何にしようかな。うーん……よし、フレンチクルーラー、君に決めた！

はぁ、ドーナッツ美味《おい》しかったぁ。

ふぁ～なんか眠くなってきちゃった……あっ、ブースの見どころ聞いてくるの忘れてた。

……ま、いいか。次に行こうっと次次ぃ～♪

で、ここがリーンボックスのブースだね。えっと、ベールは……いた。

ベールはリーンボックスの女神で根っからのゲーム好き。好きすぎて、国が傾くんじゃないかってくらい引篭《ひきこも》るへビーユーザー。なのは知ってるんだけど……。

なんでまたそんなステージのド真ん中で、ゲームやってるの……かな？

「あら、ネプテューヌ」

画面の反射で気付いたんだろうけど、ベール、こっち向いて言おうよ。そういうの大事、だよ？　わたし泣いちゃうよ？

「ごめんなさい。つい、目が離せなくて。では、これでよろしくて？」

ぽよん！

これっぽっちも動いてないのに上下にモーションするその胸は93センチのわがままバディ。次いで61・87と、こうかはばつぐんだ！　なんともうらやまけしからん。

「ニヤ生の配信をしているのですね。でしたら、うちの見どころをしっかりとレポートしてくださいな」

……んで、ベールは何してたの？

「これのことですわね。けど、申し訳ありませんが、今はまだ教えてあげられませんわ。当日を楽しみにしていてくださいな」

何だろう。ゲーム大会でも開催するのかなぁ？　巨大コントローラーとか出てきちゃうかな!?　んでもって月面でコマ燃やしちゃうくらいの勢いでクリア連発！　古いか。


さてー、ラストは、わたしの国、プラネテューヌのブースに……あれ？　向こうから飛んでくるのは……いーすん？

どこからどう見ても『妖精《ようせい》さん』な彼女はいーすん。なんかもうちょい長い名前だったような気がするけど、まぁ……いーすんはいーすんだよ。うん。

普段はわたしたちのお世話役みたいなことをしてくれているんだけど、このイベントでは実行委員会の委員長さんなんだって。

「ああ、ネプテューヌさん。お仕事の方はどうですか？」

順調だよ。あとはうちの紹介をドドーンと他《ほか》より派手めにやれば任務完了だよ。

「そうですか。ご苦労様です」

ところで、急いでいるみたいだけど、どうしたの？

「実は不審者がいたという報告がありまして、その確認に向かうところなんです」

不審者？　むー、それは放っておけないね。

ねぇ、いーすん。わたしもついていっていい？


いーすんと手分けして、探索開始だ！

うん。任せて！　そのためについてきたようなもんだよ！

「念のため、近辺を見て回りましょう。ネプテューヌさんも協力してもらえますか？」

いなぁ。いや、わらわらいても困るんだけどね。

というわけで、いーすんと連れ立って会場の外に来たんだけど……それらしき人はいな

「アクククク。明日が待ち遠しいな」

「いや、トリック様。さすがに今から列に並ぶ必要はないんじゃないですか？」

何かめちゃくちゃおっきくて、カメレオンみたいな顔をしたなんかよくわからないのと、
下っ端っぽい雰囲気の人がいた。一応、聞いてみようかな。

ねぇねぇ、不審者を見なかった？

「あん？　何だぁ……むむっ」

くわっと目を見開くトリックとか呼ばれてた、巨大な何か。

「何だ。幼女じゃなくて少女か」

ねぷっ!?

「落ち着いてくださいトリック様。ていうか、本番前に騒ぎを起こしたらまずいですよ」

「むぅ、仕方ない。今日のところは引き上げるか」

そう言うと二人はこの場から離れていった。

……なんだったんだろう。あの二人。

うーん、不審者も見つからないし、そろそろいーすんと合流しようかな。

「このアブネス。幼女を守るためなら、不当な弾圧には決して屈しないわ!!」

「警備員さん。連れて行ってください」

いーすんの指示を受けて、屈強な警備員さんたちが、何か幼女がどうとか騒いでいる幼女の両腕をつかんで、どこかに連れて行った。

「あいしゃるりたーん!!」

ねぇ、いーすん。今のが不審者さん？

「いえ、そうではないのですが、現状、禁止されている会場外でのチラシ配布をしようとしていましたので。注意したのですけど、全然聞いてくれなくて」

で、強制連行しちゃったの？

「はい」

とりあえずトラブルも解決したみたいだし、そろそろプラネテューヌのブースに戻らないとね。それにしてもどのブースも頑張って準備してたなぁ。

わたしも負けていられないね。うん。ライバルが強いほどわたしも強くなる！　あ、これって自分が頑張って強くなる必要がなくていいよね。

なんて、考え事をしながら歩いていたせいか。

――ドン。

マジマジ運送って書かれた段ボール箱を二人で運んでいた配送業者の人にぶつかっちゃった。

あう、やっちゃった……。

「あいたたた……」

「こら、どこを見ているっちゅか。危ないっちゅ……って女神!?」

何かすごくネズミっぽい顔立ち……ていうか、二足歩行するネズミさんが、めちゃくちゃおどろいていた。

って、そんなことより謝らないと。

「ごめんなさーい」

「ま、まぁ、素直に謝ってるんだから許してやるっちゅ。ほら、オバハンも早く立つっちゆよ」

「……ワレチュー。オバハンじゃなくて、マジェコンヌ様と呼べと……」

「わー、わー」

何故《なぜ》かバタバタと両手を振りながら、声を荒らげるワレチューとかいうネズミ。

それにしても、マジェコンヌってどっかで聞いたことがあるような、ないような……。

「と、とにかくさっさと行くよ！」

「了解っちゅ、オバハン」

「だから……っ」

とかなんとか騒ぎながら、配送業者の人たちはどっかにいっちゃった。

何だったんだろ、あのふたり？


ふう。ようやく自分のブースに帰ってきたよ。

「あ、お姉ちゃん。おかえりなさい」

ただいま、ネプギア。準備の方はどう？

「うん順調だよ。これなら予定通りに終わると思う。あとコンパさんたちが探してたよ」

この子はネプギアっていって、わたしの妹なんだ。今はまだ女神に変身できないんだけど、わたしに似て、とっても真面目《まじめ》で良い子なんだよ。

……む、何か投稿コメントがひどいことになってるなー。

まぁ、いっか。で、恒例のスリーサイズだけど、上から78・56・80と中々のスタイル
……あれ？　わたしよりいい感じ？

「どうかしたの？」

ううん。ちょっと世の不条理に想《おも》いを馳《は》せていただけだから、気にしないで……。


「きゃあっ」

むむ、絹を裂くようなこの悲鳴。こんぱかな？

「うぅ、転んじゃったです」

あ、やっぱりこんぱだ。

盛大に転んで運んでいた商品のおまんじゅうをぶちまけちゃってるのは、わたしのお友達のこんぱ。看護学校を卒業した後は、病院に勤めているんだけど、今日は臨時の助っ人《すけと》に来てもらったんだ。ちなみに88・57・80と、ベールに次ぐ何ともうらやまけしからんナイスバディの持ち主なんだよ。

「ちょっと、大丈夫、コンパ？」

「あ、あいちゃん」

「ほら、手を貸して」

「うぅ、ありがとうです」

転んでいたこんぱを助け起こそうとしているのは、あいちゃんっていって、彼女もわたしのお友達なんだ。

プラネテューヌの敏腕諜報員《ちょうほう》なんだけど、今日のところはプラネテューヌブースの売り子さん。で、気になるサイズは74・55・77とスレンダーな感じ。

「あ、ネプ子。この忙しいときにどこに行ってたのよ」

ごめーん。ニヤニヤ生放送の収録中でね。

「あー、そういえば、集客アップ目指すとかなんとか、昨日そんなことやるって言ってたっけ」

うん。で、ここでラストなんだよ。

「ってことは何？　今のも撮ってたの？」

モチのロンだよ？　あいちゃん。

「じゃあ、わた、わたしの失敗シーンが全国のお茶の間にですか!?」

そうだよこんぱ。パンツもばっちり。みんなきっと画面に向かって拍手してるよ。

「ええ～そんなぁ……うぅ、恥ずかしいですぅ」

さーて、そんなこんなの駆け足で、みんなのこととか紹介してきたけど、ＴＧＳの魅力、わかってくれたかな。

え？　ブースの見どころ微塵《みじん》もなかった？　もっと教えろ？

できれば教えてあげたいんだけど、大人の事情で教えてあげられないんだ。ごめんね。

あ、でも、そういう人には代わりに、ある言葉を伝えておけっていわれてたっけ。


——続きは本編で!!


というわけで、『超次元ゲイムギョウ界ショウ』直前ニヤニヤ生放送はこれにておしまい。

みんな、当日は遊びに来てねー♪　ばいばーい！

ほら、こんぱも手を振る。

「は、はいですぅ」

ぶんぶんぶん……。

ふぅ、終わった終わった。
すごく疲れちゃったよ。
「あ、ねぇねぇ、ネプギア。何かおやつある？」
え？　何？　手をバタバタしてどうしたの？……まだ繋《つな》がってる？
ああっと、えーっと……みんな、遊びに来てねー（汗）
………えい。
ピッ

超次元ゲイム
ネプテューヌ
THE ANIMATION
TGS 炎の二日間

第一話

境界線なき
ゲイムギョウ界の到来!?

シェア――それは民たちが女神を信じる気持ち。
女神は、人々の信仰によって力を得る。
人々は信仰によって女神の守護を得る。
女神と人々が互いに支え合うことによって形成される平和な、争いのない世界がそこにあったのです。
しかし――
その平和もいつしか崩れ……実力を持って、シェアを奪い合う、悲しい戦いの時代が訪れてしまいました。
女神パープルハートが治めるプラネテューヌ
女神ブラックハートが治めるラステイション
女神ホワイトハートが治めるルウィー
女神グリーンハートが治めるリーンボックス
四つの国を舞台に続くあてどない戦いの日々。
そして――

なんやかんやあって世界に平和が戻ってきた。

「なんやかんやのとこ、ちゃんと説明しなさいよ！」

長机をバンッと叩《たた》いて、隣に座っていたノワールが立ち上がりざまに、ツッコミを入れてきた。

ここは超次元ゲイムギョウ界ショウ——略してTGSの関係者控室なんだけど、今ここにいるのは、何故《なぜ》か、わたしことネプテューヌと、ノワールの二人だけ。

みんなどこにいっちゃったのかな？

「一番大事なところをはしょってどうするのよっ」

うーん、どうするって言われても。

詳しく説明始めると、文庫本一冊くらいのダイナミックでスペクタクルかつハートフルなストーリーが展開されちゃうんだよ、ノワール！

あ、そうだ。

「ねぇ、ノワール」

「何よ？」

「過去にこだわっても何も始まらないんだよ」

と、わたしはキメ顔で言ってみた。

「…………」

お、わたしのキメ顔が効いた？

ヒートアップしまくりだったノワールの体から力が抜けたみたい。

「大事なのは過去じゃなくて、未来なんだよ」

と、さらにキメ顔で続ける。

うん。いいこと言ったよね。わたし。

「……間違ってはいないけど、すごく腑《ふ》に落ちないわ」

そう言うと、ノワールは疲れたようにため息を吐《つ》いた。

あれ？　おかしいなぁ。

「まぁ、そのことはもういいわ。それよりも一旦《いったん》、外に出ない？　そろそろ開場の時間だから、お客さんの様子を見に行きましょ」

「たくさん人がいるといいなぁ」

「まぁ、そこは大丈夫だと思うけどね」

スタスタと軽やかな足取りで出入り口に向かうノワール。

「早く行かないと、様子を見る前にショウが始まっちゃうわよ」

「あ、待ってよー、ノワールー！」

置いていかないでよー。

◆　◆　◆

「わー、いっぱい人が並んでるね」

階段の上から下を見下ろすと、そこにいたのは人、人、人。

今日のために、こんなにたくさんの人が集まってくれたんだ、いっぱいいすぎて、弾幕の出番待ちみたいになってる感じだね、これ。これからブワッて飛び出しますよ散らばりますよ的な？

「まぁ、平和を祝う祭典なんだし、世界中から人が集まるのは当然でしょ」

そう。これから開催される超次元ゲイムギョウ界ショウっていうのは、シェア争いしていたわたしたちが仲直りして、世界が平和になったことを記念して開かれるお祭りなの。

あ、そうそう。そもそもシェアっていうのは簡単に説明すると、わたしたち女神が変身して戦ったりするのに必要なエネルギー源。シェアエナジーって言うんだ。

え？　変身？　聞いてない？……あれ、言ってなかったっけ。

元々、わたしたちは人としての姿と、女神としての姿の二つをもってて、女神本来の力を必要としない普段は、ほとんど人の姿のまんま。で、何かあった時には女神に変身して、戦ったりするんだ。

でも、女神になると、シェアエナジーを消費しちゃうから、あまり長い時間変身してることができないんだよねぇ。それに、ババーンドドーンって派手な技を繰り出しちゃうと、あっというまになくなっちゃうし。でも、昔っから魔法や必殺技って何かを消費するものっていうのが相場だから、仕方ないよね。

で、そのシェアエナジーを得る方法は二つあって、ひとつは人々からの信仰。

みんながわたしたちを信じてくれる想《おも》いが、それぞれの国にあるシェアクリスタルに溜《た》まっていって、わたしたちの力になるんだ。

みんなの力をわけてくれーって感じ？

これは想い続けられている限り、定期的に溜まっていく貯水タンクみたいな感じで、消費されても新しい想いの力が流れ込んでまた戻るって寸法。

あと、もうひとつは、ちょっと言いにくいんだけど、戦って互いのシェアを奪い合うという方法。

この前、友好条約が締結されたんだけど、それまでは四人の女神でシェアの争奪戦をしてたんだ。でも、三すくみならぬ、四すくみな状態だったから、中々決着がつかないし……。正直無理ゲーだったよ。

「変身して戦うと、シェアが減っちゃうから、ますます大変だったよね」

「今考えてみれば結構不毛な争いだったのかもね。シェアを消費して、シェアを奪い合うだなんて」

ノワールが難しい顔をして言う。

「争いが終わって、本当に良かったよ」

みんなと仲良くできるしね！　うんうん。

「ところで、ノワール。ちょっと聞きたいことがあるんだけど」

「何？」

と、小首をクイッとかしげるノワール。

「えっとね。どうして会場がマハリク☆メッセなんだろうね。ビッグ☆サイトウの方がアクセスとかいいのに」

マハリク☆メッセっていうのは、今回のＴＧＳの会場のこと。

結構広くて、色んなイベントに使われてるって聞くけど、ちょっと……いや、かなり遠くて、交通の便があんまりよくないんだよね。ご飯とか食べるとこもあんまりないし。

で、ビッグ☆サイトウっていうのは、逆さのピラミッドを何個か合体させたような見た目の、多目的ホール。交通の便もよくて、イベントといったらココ的な？

でも本当、どうしてマハリク☆メッセなんだろ？

もしかして大人の事情ってやつ？

そんな、わたしの素朴な疑問に応《こた》えてくれる声があった。

「それにはちゃんと理由がありますのよ」

「あ、ベール」

歩くたびにたゆんたゆんと揺れる女の最終兵器《アルテイメットウエポン》を飼いならしながら、おだやかな微笑《ほほえ》みを浮かべたベールがやってきた。

何度見てもうらやましい……なんて神さまは不公平なんだろう！

あ、わたし、女神だった。

「わたしもいるわ」

あれ？　今の声は……あ、ブランだ。

たわわな禁断の果実のせいで気がつかなかったよ！

「たわわな禁断の果実のせいで気がつかなかったよ！」

「口に出して二度まで言わないでほしいわ」

心を読まれた!?

「……あ、ところで、二人は控室にいなかったけど、どっか行ってたの？」

わたしが尋ねると、ベールはにっこりと微笑んで、

「リーンボックスのブースで最終確認をしていたのですわ」

と、教えてくれた。

「わたしも自分のブースで、搬入物のチェックをしていたわ」

と、ブラン。

「そういうネプテューヌとノワールはブースにいなかったみたいですけど……」

「私は昨日のうちに全部終わらせてあるから大丈夫よ。まぁ、一応、念のためユニにお願いしてあるけど」

「それって、つまりユニちゃんに押し付けたってこと?」

「違うわよ!!　あの子が私の力になりたいっていうから……あっ」

「なるほど—。優しいお姉ちゃんは可愛《かわい》い妹に活躍の場を用意してあげたと」

にやにやしながら、ノワールの脇腹《わきばら》を肘《ひじ》でつつく。

「ちょっ、やめなさいよ」

あ、ノワールのほっぺが赤くなった!　照れてる照れてるぅ。

「私たちのことより、ネプテューヌ」

「え、何?」

「何じゃなくて、聞きたいことがあったんでしょ」

あ、そうだ!　うっかり忘れるところだったよ!

「それで、会場がここになった理由って?」

「それは、ここマハリク☆メッセの特殊な事情が関係しているんですわ」

事情?　どういうこと?

「元々、ここは四つの国から均等な位置にありますの。他《ほか》の会場ですと、プラネテューヌに近いですとか、リーンボックスからすぐとか、中々平等な位置関係にある施設がなかったんですわ」

「へぇ、そうなの?」

「ええ。ですから、ちょっとくらい不便でもみんなが同じくらいの時間で移動できる場所にした、というわけです。公平にね」

「……理由はもうひとつあるわ」

と、言葉を続けたのはブラン。まだ続くんだ。長いなぁ。

「このマハリク☆メッセ一帯は不思議な磁場があって、その影響でシェアエナジーの供給が少ないのに、モンスターなどの外敵がほとんどいない状態になっているの」

「特殊な、磁場? 少ない?」

え、えーと、つまり、どういうこと?

「つまり、ここでは最低限のシェアエナジーしか供給されていないの。だから女神同士が女神の姿で戦うことが難しい。加えて、本来なら女神が手を出しにくい地域にはモンスターが多くいるはずなのに、ここにはほとんどいない。だから公平な対話をするための場所、聖地として扱われるようになった」

ふーん。そうなんだ。

「でも、一回も使ったことないよね?」

「だから、私達が一度として使うことのなかったこの対話の聖地で、祭典を開くことにしたの」

「まぁ、武器を交えないで対話する機会がなかったし……ね。それにこれまで開かれていたイベントは私達とは関係のない民間のものばかりだったから、そういう意味でも今回が初なんじゃない？」

と、どこかバツの悪そうな表情でノワールが目をそらしながら言う。

あれ？　でも最低限しか、シェアエナジーが供給されないってことは……。

「大変だよ、力が入らなくなってしおしおになっちゃうじゃん！」

「そんなに元気いっぱいで言えるのでしたら、あまり影響はないのではなくて？　あくまで少ないのであって、ゼロということではありませんわ。変身できないだけであって、この姿のままでしたら、なんの支障もありませんわ」

なるほど、言われてみれば。

しかし実行委員会の人も色々考えているんだねぇ。

「でも、変身できないって、ちょっと不安だよねー。なんかあったらさ、大変じゃない？」

って、どうしてかわいそうな子を見るような眼《め》をするの、ノワールぅ。

「ネプテューヌ？　会場設営のときにイストワールから預かったアレのこと、すっかり忘れてるでしょ」

「……アレ？　え？　アレってなに？」

『只今《ただいま》より、超次元ゲイムギョウ界ショウを開催いたします』

――ワァァァァァァァァァ!!

開場のアナウンスが流れると同時に湧《わ》き起こる歓声。

そして続く――


――ズドドドドドドドドドドドドドドドドッ!!


どこぞの民族大移動もかくやの開幕ダッシュをする参加者の群。

うわぁ、建物全体が揺れてるよ。

「危ないから走らないでくださーい!」

腕章を付けたスタッフの皆さんが声を張り上げて応戦!

だけど、多勢に無勢って感じで……。

「危ないから、ぎゃあああああ」

と、段々と遠くなっていく声。

どうやら人の波に飲み込まれちゃったみたい。

成仏してね、なむー。

「これなら、夏と冬の某祭典の方が参加者の品がいいわ」

眉《まゆ》をひそめて、ぶぜんとした様子のブラン。

「そうなの？」

「当然。その祭典では、基本的に参加している人は、お客様ではなく、全員対等の参加者という心構え。だから、人に迷惑をかけないよう、魂レベルで訓練されているの」

「へぇ、こっちもそうだったら楽だったのにね」

「ただ……」

た、ただ？　え、ちょっと、口調が重いよブラン。

「最近、マスコミとかに色々と取り上げられた結果、そういった心掛けのできてないにわかが大量に増えた」

「にわか？」

「そう。自分のことをお客様と勘違いした迷惑な参加者。そいつらのせいで色々と問題が起きている。たとえば、安全管理の問題や周辺地域への配慮から、禁止されている徹夜行列をしたり……」

しゃべっているうちに、なってない参加者のことを思い出したのか、ぎゅっとこぶしを握り締めるブラン。

「列に並んだあとにごみを放置していったり、開場後、危ないから走るなと言われているのにダッシュしたり、売り子やスタッフに対して暴言を吐いたり……」

わわ、ブランの後ろに、変なもやみたいなのが湧《わ》いてきた!?

「ね、ねぇ、ブラン。少し落ち着きなさいよ」

ノワールが恐る恐る声をかけたんだけど。

くわっ!!

ブランの瞳《ひとみ》が大きく見開かれた！　なんだか危険が危ない予感！

「ああいう連中が増えると、イベント自体の開催が危うくなるんだっつーの！　あー、もう、思い出しただけでむかつく!!」

わぁっ、ブランがとうとう爆発しちゃった。

って、ハンマーを取り出すのはまずいよっ。

「いいか!!　お前らの勝手な行動のせいで、どれだけ善良な参加者や運営が迷惑を受けているか、わかってんのか!?」

「ちょ、ちょっとブラン!?」

「ここで暴れてもどうにもなりませんわよ」

流石《さすが》に危ないと思ったのか、ノワールとベールも一緒になって、ブランを止めに入ってくれた。

三人がかりで押さえたのが功を奏したみたいで、割と素直にブランもハンマーを収めてくれて、一安心。

　はぁ、始まったばかりだっていうのに疲れちゃったよ。

「あ、お姉ちゃーん」

　ん？　今の声は……。

「こんなところにいたんだ」

　わたしの妹のネプギアだった。

　ふわっとしたロングの髪の毛を揺らしながら、駆け寄ってくる。

「やっほー、ネプギア」

「やっほーじゃないよ、お姉ちゃん」

　胸に手を当てて、乱れた息を整えながら、ネプギアが頬《ほお》を膨らませた。かと思ったら、
ノワールたちに気付いたのか、ぺこりと頭を下げて、

「みなさん、こんにちは」

　と、礼儀正しく挨拶《あいさつ》。

　うん、さすが私の妹。ちゃんと挨拶ができるっていうのは大事だよね。

「はい、こんにちはですわ、ネプギアちゃん」

「うちの妹たちにも見習わせたいわね」

「うん。ネプテューヌの妹とは思えない礼儀正しさよね」

……あれ？

「と、ところでどうしたのかな、ネプギア」

「あ、そうだ。お姉ちゃん、早くプラネテューヌのブースに戻ってきて。今、たくさん人が来ちゃって、大変なの」

「そんなにたくさん来てるの？」

「うん。アイエフさんとコンパさんが手伝ってくれてるんだけど、全然手がまわらなくて」

そっかぁ。そんなにたくさんの人が。

これはつまり……わたしの人気のおかげってことだよね！

いやー、まいっちゃったなぁ。あ、サイン求められたりしたら、どうしよう。えへへ。

「やっぱりサインは限定50枚くらいがいいかな？」

そうなると整理券も用意しないとダメかな。あ、でも数が少ないと、ネットオークションとかで取引されちゃうかもしれないし。で、転売しようとする人とか出ちゃったら、良くないよね。

「お、お姉ちゃん？」

「諦《あきら》めなさい、ネプギア。あれはきっと自分に都合のいいことを考えているときの顔よ」

「そ、そうなんですか？　でも、どうしたら……。早く戻らないといけないし」

「こういう時は……ていっ」

――ぺちっ。

「ねぷっ!?」

痛っ!?

「もう、ノワール。急に叩《たた》くなんてひどいよ」

「ほら、戻ってきた」

「ありがとうございます。ノワールさん」

ちょ、ちょっ、待ってよ。ネプギア!

「なんで、お礼いうの!?」

◆　◆　◆

そんなこんなでプラネテューヌブースの近くまで戻ってきたんだけど……。

ブースに入る前にちょっと様子を見てみようかな。何かあったらめんどいし。

というわけで、スニークミッション開始だよ！

えっと、まずはアレを準備してと……。

ごそごそ。

うわぁ、何だか人がたくさんいるなぁ。

おまけに物販スペースでは行列もできていて、最後尾は一時間待ちとかいう声が聞こえてくるし。

これって結構いい感じだよね！

「あの、お姉ちゃん。どうして、段ボール箱の中に隠れてるの？」

そう。ネプギアの言う通り、わたしたちは少し離れた場所に置いてあった、大きめの段ボール箱の中に身をひそめている。

「しっ。ネプギア。声が大きいよ」

「え、あ、ご、ごめんなさい……」

わたわたと口元を押さえるネプギアを余所《よそ》に、穴の空いた持ち手の部分から外の様子を窺《うかが》う。

えっと……うん、どうやら気づかれてないみたい。

はぁ、良かったぁ。

「お、お姉ちゃん……」

ん？　何、ネプギア。って、耳に息が当たってくすぐったいよ。

「早くブースに戻ってお手伝いしなくていいの？」

おずおずと告げるネプギアに向かって、わたしはちっちっと指を左右に振って見せた。

「ダメだよ。今、出て行ったらパニックになっちゃうかも」

「え……?」

不思議そうに首をひねるネプギア。

「だって、これだけうちに来てくれてる人がいるんだよ。そこにプラネテューヌの守護女神であるわたしが登場したら、大変なことになっちゃうよ。きゃー、女神様ー、俺だー、結婚してくれーって」

「そ、そうなのかな……?」

「そうに決まってるよ」

——トントン。

と、誰《だれ》かが段ボール箱をノックする音。

もう、今、大事な話をしてる最中なのに、うるさいなぁ。

とりあえず、無視無視。

「だから、もう少し様子を見て……」

——トントン。

無視無視。

「で、そのあとはこのまま隙《すき》を見てブースに……」

——トントン。

もう。さっきからトントントンうるさいなぁ。

「入ってますよー」

返事をしながら、トントンとノックをし返す。

まったくもう。人が入っているっていうのに。

「で、話を戻すけど」

「あの……お姉ちゃん……」

「どうしたの、ネプギア？」

「今のって、見つかっちゃったんじゃ……」

「え……？」

ねぷっ!?

どうしよう。見つかっちゃった？

もしかして、大パニックになっちゃう？

そんでもって、人が将棋倒しになっちゃって、怪我人《けがにん》とか出ちゃったりして。

さらには、ニュースでこっちの安全管理が悪かっただの面白おかしく書かれて社会問題になっちゃって……。

それでそれで女神失格の烙印《らくいん》を押されたりしちゃった日には……。

わぁ、大変っ。世間の風当たりは強いっていうのに!!

……こうなったら、仕方ない。

「ネプギア。一緒に北に行こう？　北へ」

「どうしてそうなるの、お姉ちゃん!?」

「だって、こうなったら逃げるしかないし」

北の風は冷たいかもしれないけど……。

大丈夫。わたしたち、姉妹二人なら何とでもなるよ。それにステキな出会いが待っているかもしれないし、何より海の幸が美味《おい》しそうだし！

「逃げる必要はありませんから、出て来てください」

……ねぷ？

何か段ボール箱の外から聞こえてきたんだけど。

今の声ってどこかで聞き覚えがあるような。

「多分、いーすんさんですよね？」

あ、そっか、いーすんかぁ。

それなら聞き覚えがあって当然だよね。

ふぅ、びっくりした。

「二人とも早く出て来てください」

「はーい」

段ボール箱を持ち上げて、中から出る。

ふぅ、やっぱり娑婆《しゃば》の空気は新鮮だね。

段ボール箱の中はどうしても空気が篭《こも》っちゃうから、きついんだよね。

「それで、二人そろって何をしてるんですか」

ふよふよと目の前に浮かんだいーすんが、腰に手を当てて詰め寄ってきた。

「えっと……もしかして、怒ってる？」

「怒ってはいません」

そっか。よかった。

「でも、機嫌がよくはないですね」

「ねぷっ!?」

それって怒ってるのと変わらないよね!?

「このＴＧＳの実行委員としての仕事が忙しい中、プラネテューヌブースの近くに不審な段ボール箱があるとの報告がきて、慌てて駆けつけてみれば……」

ハァ、とため息を吐《つ》く、いーすん。

「まさかネプテューヌさんとネプギアさんの二人だなんて……」

「ご、ごめんなさい……」

と、頭を下げるネプギア。

「こっちは、もしかしたら爆弾かもと思って、スタッフの中から爆発物処理班を編成してきたんですよ」

「爆発物の処理なんて、出来る人いるの!?」

恐るべし、ＴＧＳ実行委員会。きっと外科医はもちろん、凄腕《すごうで》のコックさんなんかもいたり……する？

「スタッフは各国のエキスパートを集めてますから。で、話を元に戻しますけど。どうして段ボール箱の中になんて入っていたんですか？」

「えーと、簡単に説明すると……パニックを防ぐため？」

「……はい？」

「だって、プラネテューヌブースって大盛況でしょ？　そこに女神であるわたしがふらふらとやってきたら、ファンのみんなが殺到して、パニックになっちゃうでしょ。それを防ぐために、知恵をめぐらしたんだよ。ね、いいアイディアでしょ？」

「……ネプテューヌさん」

「なぁに？」

「それで逆に問題を起こしてどうするんですか！」

「ねぷっ!?」

いーすんが怒った!?

「まずこの段ボール箱は邪魔ですから、ちゃんと片づけておいてくださいね」

「は、はーい」

「それとパニックとか起きませんから、普通に行動するように」

「そ、そうなの？　それはそれで残念なような気が……」

「ネプテューヌさん？」

「ねぷっ!?　わかったよ」

びしっと親指を立てて了解のサインを送る。

あ、サインで思い出したけど、こんなことなら、サインの練習をしてくる必要はなかったかな？

「あと、最後にもうひとつ」

「まだ、何かあるの？」

「他《ほか》の国のブースに挨拶《あいさつ》に行ってきてください。本来ならわたしが行く予定だったんですけど、今は実行委員なのでひとつのブースだけに肩入れできないんです」

挨拶回りかぁ……。

それってつまり、他のブースに遊びに行っていいってことだよね？

それなら大歓迎だよ！

せっかくのお祭りなんだから、わたしたちも楽しまなきゃ。

あ、その時にはネプギアも連れてってあげよう。そうしないと、ネプギアはいつまでもお仕事がんばっちゃいそうだし。

うん、わたしってばいいお姉さんだね♪

「ねぇ、お姉ちゃん」

「何、ネプギア？」

「挨拶に行く前にコンパさんたちのお手伝いをしないと」

そういえば、ここに戻ってきた最初の目的ってそれだったっけ？


というわけで、お仕事に戻るっていういーすんと別れて、ブースの裏手に移動。物品売り場の様子を後ろから確認。

「銘菓『すらまん』は一〇個入りと二〇個入りがありますが。はい、一〇個入りを二箱。かしこまりました。少しお待ちくださいね」

何故《なぜ》か慣れた様子のあいちゃんが次から次へとお客さんをさばいていた。

あ、さばくっていっても包丁的な意味じゃなくて客商売的な意味ね。すごい絵になるから想像でもやめようね。

「はい。二箱ですね。お会計は……」

忙しそうに、お客さんの対応をするあいちゃん。

さすが、あいちゃん。頼りになるなぁ。

THE・看板娘って感じ。

この調子なら、このまま任せちゃっても大丈夫だよね。

って、そういえば、こんぱは？

「ねぇ、コンパ。悪いんだけど、10個入りの方がそろそろなくなりそうだから、裏の方から在庫持って来てくれない？」

「はいです。すぐに持って来るです」

あ、こんぱがこっちに来るみたい。

「えーと、すらまんの在庫は……あ、ねぷねぷ」

「やっほー、こんぱ。すごい売れ行きみたいだね」

「はいです。このままだとお昼前には売り切れちゃうかもしれないですよ」

すらまんの箱を奥の方から取り出してくるこんぱ。

何かモンスターっぽいデザインのおまんじゅうだなぁ。

そもそも美味《おい》しいのかな？

「ねぇねぇ、一個もらってもいい？」

実はまだ味見もしてないんだよね。

「え？　あ、いいですけど……」

SURAMAN
SURAMAN
SURAMAN
SURAMAN

「わーい、ありがとう。はい、ネプギアも」

ささっと箱を開けて取り出し、すらまんをネプギアにも分けてあげる。

「えっと、いいのかなぁ」

「大丈夫、大丈夫」

と言いながら、ぱくっと一口。

「はむはむ……」

むむ。ほんのりと甘くふかふかに焼き上げた生地に、上品なこしあんがマッチして、一口食べるだけで口の中に甘味がぶわっと広がってくる。

「このまま食べても美味《おい》しいですけど、他《ほか》にもレンジでチンしたり、凍らせたり、あとアイスをかけて食べたりしてもいいんですよー」

へぇ、詳しいんだね、こんぱ。

「わぁ、どれも良さそうだね」

「あ、ネプ子。アンタってばどこに行ってたのよ」

しまった。あいちゃんに見つかっちゃった。

「こらー、さぼって饅頭《まんじゆう》食べてないで、手伝いなさいよー」

レジを他の売り子さんに任せて、あいちゃんが足早に近づいてくる。

「もぐもぐ……ごくん」

ごめん。あいちゃん、わたしには他のブースに挨拶《あいさつ》に行くという使命があるの。

「というわけで、行ってくるねー♪　さ、行こう、ネプギア」

「え？　え？」

あわあわしてるネプギアの手を取って走り出す。

「いってらっしゃいですー」

「あ、こら、ちょっと待て——!!」

対照的な二人の声を背中に受けながら、わたしは自由への道を駆けていった。

「逃げるなこらぁ！」

お仕事だから仕方ないよね！

◆　◆　◆

「ここがルウィーのブースかぁ」

何だか、子ども連れが多いなぁ。

「トータルの人数だと、プラネテューヌよりも多そうだね。うちもたくさん人が来てると思ったんだけど」

同じようにブースの中を観察していたネプギアが困ったように言う。

「そうだね。やっぱり子どもに大人気なのかなぁ。ここって」

ところで、ブランはどこにいるんだろ？

何はともあれ、挨拶《あいさつ》するっていう、いーすんからのミッションはクリアしないといけないしね！

「人の流れがすごくてわからないなぁ」

ていうか、ブランを見つける前に、わたしたちが人の波に飲まれて、どこかに運ばれてしまいそうな予感。

……ブルブルブルブルッ。そんな未来はノーセンキュー。ていうか、そんなことになったら、遊ぶ時間がなくなっちゃうよ。

「ねぇ、お姉ちゃん。向こうの方に人が集まってるみたいだけど」

「え、どこどこ？」

あ、本当だ。


——幼女を働かせるなんて許せませんわ！


「何だろう？」

「何かトラブルでもあったのかな。行ってみようお姉ちゃん」

「そうだね」

人の壁をかき分けるようにして、中心へ向かう。

ていうか、人多すぎだよ！　前に進めないよ!!

「すいませーん。通りまーす」

「ちょっと通してください」

苦労の末、ようやくたどり着いた先には——


「まったく。こんな年端もいかない幼女を働かせようとするなんて外道だわ」

……何かよくわからない人が気勢を上げてる。

あれ？　でも、どこかで見たような聞いたような……うーん……思い出せないなぁ。

「全世界の幼年幼女はもっとのびのびと、幼年幼女らしい生活を送るべきなの。それなのに、幼女を女神にするなんて、違法だわ。違憲だわ。いかんのだわ!!」

「最後のは無理がある」

冷静につっこむブラン。

すると、対峙《たいじ》していた幼女っぽい恰好《かっこう》をして、幼女保護を訴えている人が、さらにヒートアップ。

「とにかく、あなたも含めて、姉妹三人とも女神とかそういうのは廃業して、普通の幼女に戻るべきなのよ。見て、ロムちゃんとラムちゃんも遊びに行きたくてうずうずしてるじゃない！」

　びしっと指を突き付ける幼女。

「そうだ、そうだー。遊びに行きたーい。ね、ロムちゃん」

「遊びに、行きたい……（こくこく）」

　ラムちゃんとロムちゃんも幼女の声にうんうんと頷《うなず》いている。

「うぅ……」

　意外と妹に甘い所のあるブランだけに、ロムちゃんとラムちゃんの二人から見つめられたら弱いみたい。

「さぁ、二人とも、もう少しの辛抱だからね！」

「本当に遊びに行けるの？」

「ちょっと……楽しみ（わくわく）」

　二人とも遊びに行きたい一心で、同意しちゃったものだから、お姉ちゃんであるブランのテンションが心配。

　それにしても、あの騒いでいる幼女、どこで見たんだっけなぁ。

　……あ。

　きゅぴーんと脳内で何かがひらめくようなＳＥが鳴った。

「思い出した。ニヤ生の時、警備員さんたちに連行された人だ！」

ちょっと声が大きかったからかな。

周りの視線が騒ぎの中心から一気にわたしへと集中した。

「誰《だれ》っ!?」

くわっと目を見開いて周囲を威嚇する幼女っぽい人。

「全世界の幼年幼女のアイドルにして、幼年幼女の守護者、アブネスちゃんを貶《おとし》める発言をしたのは!!」

「貶めるも何も、事実だよね？　昨日、勝手にチラシを配ってて連行されていったのを見たんだから」

「なあっ!?」

おおげさにのけぞって驚きの度合いをあらわにする幼女改め、アブネス。

「って、よく見たら、あなた……」

え、え、何？　何？　何で近づいてくるの？

「むむむむむ……」

わわわわっ。何だか良くわからない幼女にガン見されちゃってるよ!?

「身長こそ少女と言ってもいいくらいだけど、その起伏に乏しい未発達な体つきはまさしく幼女！　おめでとう、あなたも幼女に認定よ!!」

「ええっ!?　わたし、幼女に幼女認定された!?　って、あなたも幼女じゃない！」

「なっ。このワタシのどこが幼女なのよ」

「どこから見ても幼女じゃない。具体的に言うなら、つるぺたすとーんな身体《からだ》つきとか」

ふふん。わたしはもう少しあるもんね。

それに女神の姿になれば、ぼん、きゅ、ぼんだし！

幼女とは違うのだよ、幼女とは！

「なんて失礼な。ていうか、幼女って言う方が幼女なんだからね!!」

「それを言うなら、最初に言い出したのはそっちじゃないの！」

「ぬぬぬぬぬぬぬぬぬっ！」

「むむむむむむむむむっ!!」

顔がくっつきそうなくらい近づいてにらみ合うわたしとアブネス。

今ここに、新たな戦いの幕が切って落とされようとしていた！

一歩も引かないよ！

「なんか収拾がつかなくなってきた……」

「あのブランさん。いっそのこと、警備員さんを呼びませんか？」

「その方がいいかも」

「じゃあ、私が呼んできますね」

「お願い、ネプギア」

——それから数分後。

「ちょっと、どこ触ってるの!?　このワタシに触れていいのは幼女だけなんだから！　あ、こら、放しなさいってば!!」

こうして——ネプギアが呼んできた警備員さんたちによって、アブネスはどこぞの諜報《ちょうほう》員に捕まった宇宙人のごとく、退場させられたのでした。めでたしめでたし。

「遊びに行きたかったなぁ」

「うん。ざんねん……」

結局、遊びに行けずしょんぼりした様子のロムちゃんとラムちゃん。

そこにブランがやってきて、

「あとで休憩時間があるから、そうしたら好きなように遊んできていい。ただ、それまでは自分のやるべきことをちゃんとやるように」

「本当!?　お姉ちゃん」

「うれしい。ありがとう……」

「別にこれくらい当たり前だから」

あれ？　もしかしてブランってば、照れてる？

「それとネプテューヌ」

「何？　アブネスを追っ払ったお礼なら別にいいよ」

「一緒になって騒ぎすぎ。余計騒ぎが大きくなった」

「ねぷっ!?」

　わたしも注意された!?

「それに実際、力になったのはネプギアだし」

「え、そんな……」

　逆にネプギアは褒めてもらってうれしそう。

「警備員を呼んできてくれて本当に助かったわ。ありがとう」

　ぺこりと頭を下げるブラン。

「まぁ、それはともかく。騒動も収まったし、せっかく来たんだから、うちのブースで遊んでいって。なんなら案内するから」

「え、いいの？」

「うん。少しくらいなら大丈夫。だから、ネプギアも遊んでいって」

「えっと、それじゃお言葉に甘えて」

　というわけで、ブランと一緒にブース内を見て回ることにしたんだけど。

「やっぱり子どもが多いね」

「多分、ロムとラムが原因」

どういうこと？

頭の周りに疑問符浮かびまくりなわたしにもわかるように教えてよ！

「あそこ……」

ブースの中でも、特に子どもが集まっている一角をブランが指差す。

「151万匹モンスターを集めるゲームの、モンスター交換会をやってるから」

なるほど。そのゲームが子どもに大人気だから、たくさん人が集まってるんだね。

うん、納得納得！

「そのゲームってロムちゃんとラムちゃんが好きなゲームですよね」

「そう。二人がどうしてもやりたいっていうから……」

「優しいブランお姉ちゃんは許可を出してあげたんだね」

にしししし、と笑いながら、ブランの脇腹《わきばら》を肘《ひじ》でつつく。

「さすが、お姉ちゃん。やっさしー」

「…………」

あ、ブランってば目を逸《そ》らした。図星だったみたいだね！

「それにしても盛況だね」

「こっちにも楽しそうな声が聞こえてくるね」

――モンスターゲットだぜ!!

――はっ、それはまさか幻のモンスター。

――モンスター151万匹言えるかな?

――ロムたん、はぁはぁ。

――ラムたん、はぁはぁ。

今、何か変なの交じってなかった?

「……ちょっと行ってくる」

はうっ。ブランの瞳《ひとみ》からハイライトが消えちゃってるよ!

こ、これはまずいかも!!

「やりすぎないようにねー」

ダメもとで一応声をかけてみる。

「…………」

うん。やっぱりダメなものはダメだよね!!

しばらくして――

「お待たせ」

タオルで手を拭《ぬぐ》いながら、ブランが戻ってきた。

服の袖《そで》についたあの赤い染みは……うぅん。元からあった模様だよね。うん、きっとそうだ。そうに違いない！

「じゃあ、次に行こう」

「あ、うん……」

「お姉ちゃん……」

ちょっとおびえた様子のネプギアの手を取りながら、ブランの後について行く。

あれ？　今度は少し年齢層が違うみたい。全体的に年齢が少しだけ高めな感じ？

「この辺は何をしてるの？」

規則正しく並んだたくさんの長机の上に、薄い本が並べられている。

値段は……高っ!?　え、本当に？　目の錯覚……じゃないよね。

これ一冊でヒールポッドが一個買えちゃいそうだよって、言ってるそばから更に売れていくよ!?

「ここはわたしの肝いり企画。同人誌の即売会よ」

えへんと胸を張るブラン。

「「即売会？」」

予想外な答えに、わたしとネプギアの声がはもった。

「そう。同人誌はひとつの文化。戦いの時は終わったのだから、文化を振興させるのも、これからの平和な世の中には必要」

へぇ、文化の振興かぁ。さすが、ブラン。目の付け所が違うね。

「で、その心は？」

「趣味と実益を兼ねて……あっ」

しまったとばかりにブランが目を見開く。やっぱりねぇ。

「でも、そういう考えも素敵だと思います。それにみなさん、とても楽しそうですし」

と、ネプギア。

「……ありがとう」

少し照れくさそうに口元を緩めるブラン。

が、次の瞬間。

——やべぇ、この同人誌めっちゃ萌《も》える。

——見ろよ、ブランたんメインの同人誌だって。

——マジで？　うお、触手があんなところに!?

——ブランたん、はぁはぁ。

あ、ブランの表情が凍りついた。

「ちょっとゴミ掃除してくる」

どこからともなくハンマーを取り出したブランが、ぼそっと言う。

わわ、惨劇再び!?

「あ、うん。わたしたちは他《ほか》のとこにも挨拶《あいさつ》に行かなきゃだから。それじゃ、またね。行こう、ネプギア!」

触らぬ女神にたたりなしってことで、ここは逃げるが勝ち!

「お姉ちゃん、ちょっと待って」

◆　◆　◆

ブランと別れて、ルウィーのブースから立ち去ろうとしたとき。

チカチカと何かが点滅してるのが視界に入った。

「何だろう、あれ」

「え、どれ?」

「ほら、ブースの入り口にあるアーチにくっついてて、点滅してるやつ」

モデムとかルーターみたいな感じだけど、わざわざあんなところに設置する理由なんてないよね? 本当になんなのかな?

「あれ? お姉ちゃん、聞いてないの?」

「何を？」

「ＳＢのこと」

えすびぃ？　もしかして王子さま的なあれ？

「……多分、お姉ちゃんが考えてるのとは違うと思う」

「ねぷ!?」

「正式名称はシェアブースターっていうの」

おお、何か、火力とか飛行能力とかがアップしそうな名前。

「えっと、このマハリク☆メッセって、シェアクリスタルからの供給が適度に少ないっていうの知ってるよね？」

「うん。イベントが始まる前に、ノワールたちから聞いたよ」

「会場がここに決まった時に説明があったんだけど……」

あれ？　そうだっけ？

「それで、もし何かあった時に備えて、シェアクリスタルからのシェアエナジー供給を助けてくれる装置を設置しておこうって話になったの」

うーん、つまりアンテナみたいなものってこと？

「それがシェアブースターなんだ。つまり、ＳＢにしたら通信速度が上がりましたって感じ？」

「ま、間違ってはないけど、ちょっと危ない気がするよ……」

ネプギアのほっぺに汗が一筋流れた。

「あと、このイベントで発生するシェアエナジーを特定のシェアクリスタルや、お姉ちゃんたちに還元したりするために、少しだけどシェアエナジーを一時的に蓄えておくことができるみたい」

「それって誰《だれ》が言ってたの？」

「……いーすんさんだよ。あと変身もできるって言ってたよ」

「あ、やっぱり、変身できるの？」

い、いやー……それにしてもわたし、全然知らなすぎだよぉ。

「プラネテューヌのブースにもあるんだけど……」

「あ、もしかしてノワールが言ってたアレってこれのこと!?　でも、そんなのうちのブースにあったかなぁ？」

「うん。プラネテューヌの場合は、ブースの上に設置してあるバルーンについてるよ」

「じゃあ、あとで確認しておこうかな」

——ふと、顔を上げると、ルウィーのシェアブースターの動作ランプがチカチカと点滅していた。

第二話

新しいイベントの形とは？

ルウィーのブースを満喫したわたしたちは、ベールのいるリーンボックスのブースに来たんだけど……。

えっと……何だろう、これ。

普通なら人が歌ったりするステージの上に、透明な壁に囲まれた不思議な空間が作られているんだけど……。何かベールの部屋っぽいなぁ。ゲームもたくさん積んであるし。

パッと見た感じ、レースゲームやシューティング、アクションに、ＲＰＧにスポーツ、ＦＰＳなどなど。ジャンル問わず古今東西のゲームが置いてあるみたい。

「あ、ベールさんが来たよ」

ネプギアの指摘通り、普段と変わらず、平然とした様子のベールがやってきた。

てくてくと部屋に入ってきた彼女は、じっと向けられる周りからの視線なんて気にもしないで、クッションに腰を下ろすとおもむろにゲーム機のスイッチを入れた。

画面に映っているのは……何だろう、あれ？

何か肩幅の広い胸元全開のお兄さんたちが抱き合ってるけど、なんかのノベルゲー？

とりあえず声をかけてみようかな。

「ねぇ、ベール」

壁にほっぺを押し付けるようにしてベールに声をかけてみた。

『………』

でも、ベールは気づいてくれない。

「聞こえてないのかな？」

つんつんと指先で壁をつつきながら、その硬さにネプギアが眉根《まゆね》にしわを寄せる。

うーん、とりあえずもう一回かな。

今度はばんばんと壁を叩《たた》きながら、ベールの名前を呼ぶ。

――バンバンバンバン!!

「やっほー、ベールー、遊びに来たよー」

壁をバンバンしていると、ようやく気付いてくれたのかな？

ベールがちらりと顔を向けてくれた！

ここぞとばかりに再度アピール。

「ベールー」

――バンバンバンバン!!

あ、こっちを向いてくれた。と思った途端。

『っっ!?』

突然、ベールが口元を押さえて突っ伏しちゃった。

苦しそうに身体《からだ》を震わせている。って、大丈夫なの!?

「ベール!?」

彼女の近くに行きたいものの、目の前にある透明な壁が邪魔でこれ以上、近づけない。

ああ、もう。本当にこの透明な壁邪魔だよ。

256回叩いたら壊れたりしないかな。一秒に16連打くらいならいけそうな気はするんだけどな。というわけで、レッツトライ！

——バンバンバンバン!!

「うにゅう〜」

一生懸命、壁に顔を押し付けて、中のベールの様子を窺《うかが》う。

『…………』

あれ？　今度はぴくりとも動かなくなっちゃったよ。これってやばくない!?

「あの……お姉ちゃん」

「何、ネプギア？」

「もしかしたらだけど、ベールさんがああなった原因って……」

ネプギアは一旦《いったん》言葉を切り、ごくりと唾液《だえき》を飲み下すと、

「お姉ちゃんじゃないかな？」

「ほえ？　わたし？」

自分の顔を指差しながら、首をかしげるわたし。ていうか、どういうこと？

「ほら、壁を見て」

解決策もないので、騙《だま》されたと思って、ネプギアに言われたとおりにする。

あ……。壁にくっきりとわたしの顔のあとが残っていた。

なんて言うか、すっごく変な顔。

そりゃ、力いっぱい顔を押し付けてたんだし、そうなるのは当然かもしれないけど。

そうこうしているうちに、ようやく落ち着いてきたのか、ベールの震えが止まった。

『………』

え、何？　何か言っているみたいだけど、全然声が聞こえてこないよー。

両腕を組んでうんうんうなっていると、何かに気がついたらしくテレビのリモコンみたいなやつを手にとって、いじり始めた。

すると――

『聞こえてまして？』

ステージのすみっこに設置されたスピーカーからベールの声が聞こえてきた！

よかったぁ。無事だったんだね！

『申し訳ありませんが、この中に来ていただきません？』

「ねぷ？　んー、ねぇ、ネプギア。どうしよっか」

『もちろん、お菓子も用意してありますわ』

「お菓子!?」

よし、行こう。お菓子と聞いて行かない女の子がいるだろうか、いや、いまい！

「おっかしー♪」

「あ、お姉ちゃん。待ってー」

◆　　◆　　◆

「はむはむはむはむ……ごくん。このクッキー、すっごく美味《おい》しいね」

歯ごたえはさくさくなのに、口の中でほろほろと溶けていく。

それでいて、甘さは適度に抑えられてて何枚でもいけちゃう！

「その辺のコンビニとかスーパーとかで売ってるのとは全然違うよ。ね、ネプギアもそう思わない？」

「うん。こんな美味しいクッキー、初めて食べたかも」

小さなお口で、さくさくのクッキーに舌鼓を打つネプギア。

「ふふ、喜んでもらえたみたいで何よりですわ」

一方のベールは、カフェモカの注がれたカップを優雅に傾けていた。

むぅ、何かすっごく大人っぽい感じ。

こういうのが女子力ってやつ？

だったら、わたしも見習わないと。

えーと、小指を立てながら、カフェオレの入ったカップを持って……熱っ。

うー、昏火傷《やけど》しちゃったよ。

「ところで、結局、ここって何なんですか？」

きょろきょろと周りを見回しながら、ネプギアが尋ねる。

わたしたちは今、リーンボックスのブースに設置された、透明な壁に囲まれた部屋の中にいた。

壁が透明だから、道行くお客さんがじろじろと見ているのがわかる。

うぅ、ちょっと動物園の動物の気分かも。

「ここはベールハウスですわ」

「『ベールハウス？』」

あ、ハモッた。

「ええ。わたくしの自室をイメージした部屋を用意し、そこでわたしくの日常を公開することによって、女神という存在により親しみを持ってもらおうと思いまして。ちなみに広さが足りないのでゲームソフトは床に置いたりしていますが、ここにあるものはすべて自室から持って来たものですわ」

「へぇ、そうなんだ」

道理でどこかで見たような雰囲気だと思ったよ。

それにしても、女神に対して親しみを持ってもらう、かぁ。確かに萎縮《いしゅく》して敬われるよりも、親しみをもって接してもらった方が、互いに楽しいよね。

さすが、ベール。年の功ってやつ？

「…………」

ねぷっ!? 何？ 今、背中がぞくって……。

「どうかしまして？」

穏やかな笑みを湛《たた》えながら、ベールが聞いてくるんだけど……め、目が笑ってないような気が……。

「な、何でもないよっ」

「ならいいんですけど……」

「と、ところでさ。今ってゲームしてるだけだよね？ それで大丈夫なの？」

「ここで書類仕事をするわけにもいきませんわ。機密性の高いものもありますし」

と、困ったように頬《ほお》に手を当ててるベール。

「あの、ベールさん。ちょっと聞きたいんですけど」

ネプギアがおずおずと手を挙げて質問しようとする。

「あら、何ですの？」

「えーと、さっきからこのスペースの……」

「ベールハウスですわ」

きっちりと訂正するベール。

こだわりどころなのかな？

「このベールハウスの周りにお客さんがどんどん集まってきているみたいなんですけど」

「ああ、それは今の会話を全部外に流しているからですわ」

「へぇ……って、何で!?」

「元々トークショウをする予定の時間だったんですけれど、丁度ネプテューヌとネプギアちゃんが来てくれたので、せっかくだからゲスト扱いにしてみたんですわ。あ、ちなみに、今食べたクッキーは創業90年の某洋菓子店からのお取り寄せなんですの」

美味《おい》しかったですわよね、とにっこりほほ笑むベール。

うーん、でもそう言われちゃうと断りづらいなぁ……。

でも、ちょっと強引じゃない？

「……リーンボックスはわたくしひとりしかいなくて、寂しいんですのよ」

そう言って涙目になるベール。

「うーん、クッキーももらっちゃったし、しょうがないかな。うん、協力するよ」

「お姉ちゃんがいいなら、私も」

「というわけで……」

やるなら、思いっきりやらないとね。

ブースの外でわたしたちのトークを聞いているみんなに向かって、

「リーンボックスプレゼンツ！　ネプテューヌ&ネプギアinベールハウス、まだまだ続くよー。みんな、楽しんでいってねー」

と、まぁ、こんな感じで三人でトークを始めたわけなんだけど……結果は一言でいうと、大成功。

そのおかげか、リーンボックスのブースに飾られていたSBは、その輝きを一段と明るく、そして美しくさせたのでした、と。

でも、プラネテューヌのシェアにはあまり影響しないんだよねこれが。

ちょっとだけ失敗だったかも。

◆　◆　◆

ベールハウスでのトークショウを終えた私とネプギアは、今度はラステイションのブースに向かった……のはいいんだけど。

「どうして人がこんなに多いのー!?」

人が多すぎて、中々、前に進めないよー!!

「やっぱりあのイベントが原因かなぁ?」

ステージ上では、ピュアな人だけが楽しめる、アイドルをマスターしてそうなコンパニオンによる歌と踊りのショウが大々的に開催されていた。

学校の制服を思わせるキュートな衣装に身を包んだ、美人&可愛《かわい》い系のコンパ●ニオンが所狭しとステージの端から端までめいっぱいに使って熱唱している。

すごく楽しそうに歌ってて、こっちもつられちゃいそう。胡麻《ごま》和《あ》え〜♪ って。

「でも、ただ多いだけじゃなくて、女の子も結構いるよ」

ネプギアが感心したように言う。

当社比一・五倍くらいかな。二倍まではいかない……と思う、思いたい。

「あら、ネプテューヌじゃないの」

「この声は……」

くるりと後ろを振り向く。

「やっぱりノワールだ。それにユニちゃんも」

ラステイションの女神であるノワールと、妹のユニちゃんがいた。

「どう? 驚いたでしょ?」

「え、何が?」

「いや、何がじゃなくってステージイベントよ。ステージイベント。これがラステイションの実力よ」

ふふんと胸元で腕組みをして得意げな様子のノワール。

83センチ級のふくらみが、ぷるんと震えた。

これはもしかしてアレ？　男性読者にアピールってやつ。

「今、何か余計なこと考えてなかった？」

ずいっとノワールが顔を寄せてきた。

うぅ、すごい迫力。

「き、気のせいじゃないかな？」

「……なら、いいんだけど」

そう言いながら渋々と一歩下がるノワール。

ふぅ、びっくりした。

「でも、よくあんなショウができる人たちを集めてこれたね」

「うっ」

あれ？　ノワールの表情がぎこちなくなったような……。

「まぁ、まぁ、それはあれよ。ほら、大人の事情というか、こう……移籍というか、引抜的な？」

ごにょごにょと言葉を濁すノワール。ＹＯＵ、ズバッといっちゃいなＹＯ！

「ところで、他《ほか》にも何か見どころはあるの？」

そうじゃないと、ステージの内容が内容だけに、男の人しか楽しめなくなっちゃう。

しっかりもののノワールのことだから、その辺も割とクリアしているはず。それにネプギアも言ってたけど、女の子もけっこういるから何かあるよね。

「もちろん、あるに決まってるわよ。ユニ、案内してあげて」

「うん、わかったよ、お姉ちゃん。じゃあ、二人ともこっちにきて」

ユニちゃんの後について個室に入っていく。

そこは窓ひとつない、真っ白な空間。って、何ここ？

「ここが見どころなの？」

と、きょろきょろするネプギア。

「ねぇ、ユニちゃん。何もないけど」

「ふふ、びっくりするのはこれからよ」

そう言うとユニちゃんは真っ白な壁の一角を押して、コンソールを取り出した。

おお、ＳＦっぽい!!

「二人はＡＲって知ってる？」

カチカチとキーを打って、何かの設定をしているユニちゃん。

「えーあーる？」

何それ、美味《おい》しいの？

「食べ物じゃないわよ」

と、呆《あき》れた口調のノワール。

「Ａｕｇｍｅｎｔｅｄ　Ｒｅａｌｉｔｙ……訳すと拡張現実ってところね」

コンソールを操作しながら、ユニちゃんが説明を続ける。

「一昔前はゲームの世界に現実を取り込んで……もう少し具体的に言うと、カメラで撮影した風景とか被写体をゲームの中に取り込んで遊べるようにしてたの」

「へぇ、それは凄《すご》いね」

「でしょ。でも、ラステイションの技術力はそれをさらに進化させたの」

「進化？」

小首をかしげるネプギア。

「ゲームの世界に現実を取り込むんじゃなくて、現実の世界にゲームを取り込むことに成功したの。つまり、こういうことよ」

と、ユニちゃんがスタートボタンらしき、キーを押すと――一瞬にして、真っ白な空間が古風な洋館の一室に変化した!!　すごいよ、これ！

「家具とかもあるんだ」

テーブルに触れてみようとしたんだけど……あれ？　触れないよ。

「変なの」

「まぁ、実際に存在してるわけじゃないし。あくまで映像よ、映像。イメージ的には舞台劇のライブプロジェクション……もう少し簡単に言うと、背景の書割の代わりにディスプレイを用意して、そこに映像を流している感じね」

ライブプロジェクション……何かまた難しい言葉が出てきたよ。

「つまり、どういうこと？」

「……この部屋の中でリアルなゲームが遊べると思ってくれて構わないわ」

なるほど。わかりやすいね。

「ちなみに、遊びだけじゃなくてちょっとした戦闘訓練とかにも使えるよう計画中よ」

どうしてもそこを補足したかったのか、ユニちゃんの説明に割り込んで得意げな笑みを浮かべるノワール。自慢したいのはわかったけど、そこは最後までやらせてあげなよ。

何か？　と言いたそうな目のノワールに、生暖かい目を作り見つめ返す。

そんなわたしたちをよそに、ひと通り説明し終えたユニちゃんが、ネプギアに話しかけていた。

「丁度この後、このシステムを利用した宝探しゲームみたいなのをするんだけど、ネプギアも参加してみない？」

「え、私？」

「そ。タイトルは『ＴＧＳスパイ物語　消えた秘密書類を探せ』っていって、その名の通り、とある施設を舞台に秘密書類を探すってゲームなの」

「えっと、誘ってもらえるのは嬉《うれ》しいけど……」

ちらちらとネプギアがわたしの方を見てくる。

多分、プラネテューヌのブースのこととか心配してるんだろうな。

でも、それくらいなら、何とかなりそうだし無問題だよ。

「ネプギア、ユニちゃんと遊んできてもいいよ」

「え、でも……」

「プラネテューヌのブースの方は何とかするから。たまにはネプギアも思いっきり遊んできなよ」

「お姉ちゃん……」

ネプギアの瞳《ひとみ》が喜びに光った。

うんうん喜んでもらえたみたいで何よりだよ。

「じゃあ、わたしは先に戻ってるから。ユニちゃん。ネプギアのことよろしくね」

「はい！」

元気よく返事をするユニちゃんと、まだどこか遠慮している様子のネプギアを残して、わたしたちはその場を後にすることにした。

「何よ、今日はしっかりお姉さんしてるじゃない」

面白そうに目を細めたノワールが後ろからついてくる。

「いつも、ネプギアには頑張ってもらってるから……たまには、ね」

実際、今回のTGSの準備も色々と手伝ってもらっちゃったし。たまにはこれくらいしてもばちは当たらないよね。

ていうか、何かしてあげないとそろそろばちが当たりそうな気がする……。

隣のノワールもうんうんって頷《うなず》いてるし……。

そんなことを考えながら歩いていると、

――わー、お兄ちゃん、こっちこっちー。

――ホワイトハート様たちってここにいるの？

――一人で先に行くと迷子になっても知らないぞー。

ブースの入り口の方から子供たちが走ってきてすれ違う。

目当てはやっぱり、ARのやつかな？

少ししてから、わたしたちの後ろから「すっげー」とか「めっちゃリアル」とか聞こえてきた。

「順調にシェアがたまっているみたいね」

腕組みをして、うんうんと満足げに頷《うなず》くノワール。

その視線の先には、燦々《さんさん》と輝きを増すラステイションのシェアブースターがあった。

「これはうちも負けていられないね。明日はテコ入れしないと」

「あら、多少のテコ入れ程度で大丈夫かしら？　このままだと、プラネテューヌのシェアも合法的にうちのものになっちゃうかもね」

「ぐぬぬぬ」

「何が、ぐぬぬぬよ」

と半眼でツッコミを入れてくるノワール。

「とにかく、明日を楽しみにしててよね。きっとうちも他《ほか》に負けないくらいシェアを集めちゃうんだから！」

ぐぐっと拳《こぶし》を握りしめて、宣言するわたし。

やっぱり負けっぱなしはよくないと思うんだ。

「ふふ、楽しみにしてるわ」

ええい、その余裕綽々《しやくしやく》の表情を半泣きにさせてやんよ！

「よーし、それじゃあ……」

まず最初にするのは、やっぱりアレだよね。

「ご飯食べに行ってくるね」

「……ちょっと。どうしてそうなるのよ」

「えー、だってお腹空《なかす》いちゃったし」

お腹が減ったら戦に勝てないって、よく言うよね。

「本当にやる気あるのかしら……」

むっ、失敬な。

やる気だけはなきにしもあらずなんだからね！

さて、それじゃ今度こそご飯食べに飲食ブースに行こう。

「やっぱりやる気ないじゃないの」

◆　◆　◆

「はぅ～、お腹ぺっこぺこだよ」

あんまり空きすぎて、お腹の虫がオーケストラで大合奏中だよ。

今なら、多少いたんだパンとかお弁当とかでも平気で食べられる気がする。

それにしても飲食ブースってどうして、こんなに遠いんだろ……。

ちなみに、途中で拾った会場マップを見ると、各ブースの並び順はこんな感じ。

・ラステイション
⇔（←イマココ）
・リーンボックス
⇔
・ルウィー
⇔
・プラネテューヌ
⇔
※飲食スペース＆キッズスペース（イヤッホゥ）

で、実際に各ブースを見て回ったのは、プラネテューヌ、ルウィー、リーンボックス、ラステイションの順番だから……うん、すごく遠回りしちゃってるね。

そのせいで、一度来た道をまた戻らないといけないし。

唯一の救いは、各ブースの間にある連絡通路の辺りで、コスプレの子がたくさんいたことくらいかなぁ。結構可愛《かわい》かったり、ナイスバディだったりして、まさに目の保養って感じだったんだよね。

っと、こうしちゃいられない。もう、お昼とっくに回っちゃってるし。

早く行かないと美味《おい》しいものが食べられないかも。

というわけで、ネプテューヌ、

「いっきまーす」

そう言って、一歩踏み出そうとした瞬間。

――ドン。

段ボール箱を二人で運んでいた配送業者の人にぶつかってしまった。

あう、やっちゃった……。

「こら、どこみてるっちゅか。あぶないっちゅよ……って、また女神!?」

「あ、この前の配送業者の人だぁ」

そう。ニヤ生の時にもぶつかってしまった二人組だ。

えっと、女の人がマジェコンヌで、ねずみっぽい方がワレチューだったっけ。

今日もお仕事なのかな？　イベントの日にまでお仕事だなんて、大変だなぁ。

「えっと、荷物は大丈夫？」

コクコクコククコク。

二人そろって、段ボール箱を抱え直しながら、16ビートで激しく首を縦に振っていた。

「それじゃ、次の仕事が詰まってるんで、失礼するっちゅ」

言うなり、砂煙を立てるほどの勢いで去っていく二人組の業者さん。

「あ、行っちゃった……」

◆　◆　◆

長い旅路の末、ようやくたどり着いた飲食スペース。

早速お店に並ぼうと思ったわたしに襲い掛かる、最後の試練。

複数のスパイスから作られた芳醇《ほうじゅん》な香りのカレーにするか。

それとも山椒《さんしょう》と豆板醤《とうばんじゃん》、赤唐辛子が織り成す辛みと旨《うま》みの二重奏、麻婆《マーボー》春雨にするか。

悩むわたしの前に示されたひとつの答えが、これ。

「えーと、麻婆春雨カレーの甘口ひとつくださーい」

「はいはい、少々お待ちくださいね」

店員さんに注文を伝えて、まつこと数分。

ホカホカと湯気を立てるご飯の上に、たっぷりとかかったカレーのルー（甘口）と麻婆春雨。食欲をそそるスパイシーな香りが、これでもか、これでもかと、わたしの胃を刺激してくる。うぅ、もう我慢できないよー！

そんなわけだから、早く席を探して食べよっと。

空いてる席は……。

うーん、お昼を回っているとはいえ、ほとんど埋まっちゃってるなぁ。

あ、向こうの奥の方に空いてる席を発見。

他《ほか》の人と相席になっちゃうけど、それでもいいや。とりあえず行ってみようっと。

「すいませーん、相席いいですか」

「あ、はい。連れがひとりいるんですけど、それでよければ……って、ネプ子！」

「あー、あいちゃんだー！」

ということは、連れって……。

「ねぷねぷです？」

「やっぱり、こんぱだー」

「今までどこに行ってたです？」

「そうよ、ブースの方、全部、私たちに押し付けてさ」

「ごめんごめん。でも、わたしもちゃんとお仕事してたんだよ」

ぺこぺこと頭を下げながら謝る。

「本当に？」

あいちゃんが不審げな目を向けてくる。

うう、信用されてないっぽい。

「うん。でも、お話するなら食べながらにしない？　せっかくの料理が冷めちゃったら、もったいないしさ」

「む、一理あるわね」

　渋々とだけど、頷くあいちゃん。

「アンタも麻婆《マーボー》春雨カレーにしたの？」

「え、あいちゃんも？」

「麻婆春雨カレーってあんまりお店とかで出してないから。それに今のこの疲れた身体《からだ》と精神を二割五分ほど回復してくれるってのは魅力的すぎて」

「あれ？　大当たりアップじゃなかったっけ？」

「それは拾い物の方でしょ」

「あ、そっか。勘違いしちゃってたよ」

　てへへと笑いながら頬《ほお》をかく。

「ところで、こんぱは何にしたの？」

「わたしはサンドイッチです」

　じゃじゃーん♪　と効果音が付きそうな感じでサンドイッチの載ったお皿を前に出してくるこんぱ。

「普通だね」

「普通だわ」

「あれ？　何かすごく不評です!?」

別に悪いってわけじゃないけど、麻婆春雨カレーのインパクトに比べたらねぇ。

結構、レアな一品だし。アイテム的な意味で。

「ま、コンパをいじるのはこれくらいにして、早くいただきましょ」

「そうだね。それじゃ全《すべ》ての料理に感謝を込めて……」

パンと両手を合わせて、感謝の気持ちを込める。

「いっただきまーす」

早速、カレーと麻婆春雨の混ざったところを一口。

「もぐもぐ……ふわっ、これはっ!!」

甘口カレーの優しい味が、麻婆春雨のちょっと強すぎる刺激をマイルドにしてくれて、それが炊きたてのご飯粒、一粒一粒をふわりと包み込む。

一口噛《か》むごとにバランスのいい旨《うま》みが口の中に一気に広がって……。

「ん～、美味《おい》しい～♪」

これがグルメ漫画だったら、背景にお花がぶわって舞ってたね。んで、わたしの口からビームがどごーって。

「最高だね、あいちゃん！」

「…………」

「あいちゃん？」

あれ？　何か顔色が悪いよ？

「し……」

し？

「したがしびれて……」

――ばたん。

スプーンをくわえたまま、テーブルに倒れ込むあいちゃん。

「って、大丈夫!?」

「あぅぅ……」

そうだ。お水！　手近にあったコップを取って、あいちゃんの口元へ。

「さ、あいちゃん。お水だよ。ゆっくり飲……」

「あ、ダメです。ねぷねぷ」

「え？」

ごくん。

こんぱの制止の声も間に合わず、あいちゃんは水を飲んでしまった。

すると――

「～～～～～～～っ!?」

「ああ、あいちゃんの顔色がすごいことにっ」

「辛い物を食べた時、冷たい水を飲ませたらダメなんです。一時的に収まってもすぐに、刺激がおそってきちゃうんです」

「でも、どうしてこんなことに……」

「多分、原因は山椒《さんしょう》だと思うです。山椒の成分には局所麻酔に使われるものも含まれてるって聞いたことがあるです。それも適量なら問題ないんですけど、もしも多すぎたとしたら……」

「今のあいちゃんみたいになっちゃうんだね？」

こくんと首を縦に振るこんぱ。

「でも、普通の辛さだったら、ここまでなることはないと思うですけど」

ということは……。

「あいちゃん、もしかして激辛頼んだ？」

わたしの問いかけに、あいちゃんは涙目で頷《うなず》いた。

「あちゃ～、そうでなくても辛い料理なのに。さらに辛くしちゃうなんて」

「あ、ねぷねぷ。わたし、アイスクリームを買ってくるので、その間、あいちゃんを見ててもらえるですか？」

「なんでアイスなの？」

「山椒《さんしょう》にどれだけ効くのかはわからないですけど、辛い物を食べる時は乳製品をとっておくといいって聞いたことがあるです。何でも辛み成分をとってくれるそうですよ。それにアイスなら舌も冷やせるし、ちょうどいいかなって思ったです」

「なるほど。じゃあ、あいちゃんのことは任せて。こんぱはアイスを早くお願いね」

「はいです！」

席から立ち上がるなり、タタタッと足早にかけていくこんぱ。

そして——

「ただいまです」

あ、こんぱが戻ってきた。

「って、早くない!?」

「すぐ近くで売ってたです」

確かにお店はほんの数メートルしか離れてない。

灯台デモクラシーってやつだね。これは。

「あ、そうなんだ」

「というわけで、はい、あいちゃん」

こんぱがスプーンですくったバニラアイスをあいちゃんの口元に差し出した。

美味《おい》しそうだなぁ。わたしもちょっともらえないかな？

それからしばらくして――

「ふぅ、ようやく落ち着いてきたわ。二人ともありがとうね」

バニラアイスを口に運びながら、あいちゃんがお礼を言う。

「これくらい、なんでもないですよ」

照れくさそうにこんぱが応じる。

うーん、美味しそうだなぁ。わたしも買ってこようかな。

ちょろっとお財布と相談して……。

「…………」

うぅ、ダメって言われちゃったよ。

「でも、あいちゃんにしては珍しい失敗だね」

「うっ。いや、お店の人に注意はされたんだけどね。ただ究極の麻婆《マーボー》春雨カレーがあるっていうから、つい頼んでみたくなっちゃって」

バツが悪そうに頭をかくあいちゃん。

「そういえば、二人ともここにいて、ブースの方は大丈夫なの？」

今更かもしれないけど、売り子のエースだったあいちゃんがいなくなると、物販部門的には問題があるんじゃないかな？

「遊びまわってるアンタがソレを言うの？」

「ねぷっ!?　あいちゃん、つっこみが厳しいよ。それにわたしはただ遊んでるんじゃないよ。いーすんの代わりにちゃんと挨拶《あいさつ》回りとかしてるんだから」

「で、そのついでに遊んでいると」

「うん」

「結局、遊んでることに変わりはないじゃない」

「はっ、もしかして、誘導尋問!?」

あいちゃん。恐ろしい子。

「いやいや、全然誘導してないから。どっちかというと、アンタから引っかかりに来てるんじゃないの？」

「そんなつもりは全然ないんだけどなぁ」

うーん、おかしいなぁ。

なんて会話をしていると、突然。

――きゃあああああああっ。

と、甲高い悲鳴が聞こえてきた。

「今のは!?」

がたんという音とともに立ち上がり、鋭い視線で辺りを警戒するあいちゃん。

「多分、子どもの声です」

子どもの悲鳴とあって、こんぱも険しい顔をしている。

「今のって、キッズスペースの方からじゃない？」

「急いで行くわよ」

「はいです！」

「あ、カレーどうしよう」

まだほとんど食べてないし、残したらもったいないよね？

「後にしなさい！」

「はーい」

お店のおばちゃーん。これ、取っておいてねー。え？　持ち帰りできるの？　じゃあ、そうしよっかなー。

「ネプ子ー!!」

もう、そんなに怒らないでよ、あいちゃーん。

◆　◆　◆

子どもたちの遊び場であるべきキッズスペースに、到底似つかわしくないふたつの人影があった。

「アクククク。パライソはここにあった!!」

カメレオンみたいな顔をした、ごつくて、丸っこい甲冑《かっちゅう》ボディの持ち主が声も高らかに宣言する。

「いきなりテンション高いっすね」

一方、フードをかぶった、下っ端っぽい方はテンションも低め。

「お前こそどうして落ち着いていられるんだ。見ろ、愛らしい幼女がこんなにたくさんいるんだぞ。ここでテンションを上げずにいつ上げるというんだっ」

「はぁ、すんません……」

ぺこぺこと頭を下げるフード付。

「わかればいいんだ。わかれば。さて、それじゃどの子からぺろぺろしようかな～」

おびえて地べたにへたり込んでいる幼女に、一歩、また一歩とゆっくり近づいていく姿はどこからどう見ても不審者以外の何物でもなかった。

「やだぁ。怖いよぉ……」

「ぐっふっふっふ……舐《な》めちゃうぞ～」

がばっと開かれた巨大な口から伸びたやたら長い舌が幼女の身体《からだ》に巻きつこうとした瞬間――

「たあっ!!」

どこからともなく飛んできた一本のカタールが、不審者の舌を切り裂いた。

「いってぇぇぇぇぇっ!!」

「ああ、トリック様!?」

「さ、もう大丈夫だから、お母さんのところに行きなさい」

見事な一撃で巨大な甲冑の不審者にダメージを与えたあいちゃんが、襲われていた女の子を逃がしていく。

「あ、ありがとう」

「さぁ、他《ほか》のみんなも早く逃げるです」

こんぱの誘導に従って、他の子どもたちも一斉に逃げ出していく。

「ああ、幼女がっ!?」

多大なダメージを受けながらも逃げていく子どもたちに妙な執着心を見せる変な人……って、あれ？　あの二人……あ、昨日、いーすんが言ってた不審者だ！

「何、アイツらのこと知ってるの？」

回収したカタールを構えながら、あいちゃんが尋ねてくる。

「一応ね。昨日、いーすんから不審者がいるって聞いて、探すのを手伝ったの。確か、あのおっきい方の名前は……トラックだったかな？」

「違う、トリック様だ!!」

いきなり、自称、トリックとかいう人があいちゃんとの会話に割り込んできた。

「ドロップ?」

「お前、俺様のことを舐《な》めてるのか」

「えー、美味《おい》しくなさそうだし、舐めたくなーい」

とかなんとかやってるうちに――

離れたところから、子どもたちを保護していたこんぱが、ぶんぶん手を振っていた。

「ねぷねぷー。子どもたちは全員無事ですよー」

おー、ナイスだよ。こんぱ。びしっと親指を立ててみせると、こんぱも同じように親指をびしっ。さらにはそれを見ていた子どもたちもびしっ。

TGSでわたしたちと握手! って感じの一体感。

ゲイムギョウ界の未来は明るいね。

「ぬおぉおおおおっ!? 俺様の幼女たちがあああ」

「いや、アンタのじゃないから」

ひらひらと手を振りながら、あいちゃんがつっこみを入れる。

「くっそう。せっかく幼女をぺろぺろしまくるチャンスだったのに。邪魔が入るのがもう少し遅ければ、あんなことや、こんなことも……ぐふふふふ」

長い舌をぺろぺろと動かしながら、おぞましいことを口にするトリック。

うぅ、気持ち悪いなぁ。

「ねぇ、あいちゃん」

「なに、ネプ子」

「あれって子どもの教育にすごく悪いと思うんだ」

「奇遇ね。わたしもそう思うわ」

うんうんと同意してくれるあいちゃん。

となればやることはひとつだよね！

「じゃあ、いっきにやっちゃうね！」

宣言と同時に、身体《からだ》の奥底から湧《わ》き起こってくるエネルギーの奔流に身を任せる。

溢《あふ》れ出たエネルギーは光となって、私の身体を包み込み、そして——

女神の姿に変身する！

「変身完了。女神の力、見せてあげるわ」

と、剣を突き付けるものの……何かいつもより少し身体が重いような気が……。

「あっ！」

……もしかしてシェアエナジーが足りない？

そういえばここは、磁場の関係で最低限しか供給されないとか言ってたわね。一応、S

Ｂのおかげで、少しは戦えるみたいだけど。

どっちにしろ、長引くと不利になるわね。ここは速攻で決めないと。

「ぬおっ、女神だったのかっ」

「って、やばいっすよ。トリック様」

わたしの姿を見て、驚きのけ反るトリックと下っ端。

次の瞬間——

「仕方ない。幼女も逃げられてしまったことだし、ここは一旦《いったん》引くぞ」

「了解っす」

くるりと背を向けて、逃げ出した。

「そう簡単に逃がしはしない」

わたしは全力で駆け出し、一気に二人との距離を詰める。

そして追いつくと同時に剣を一閃《いっせん》。

「目にものみせてあげるわ！　クリティカルエッジ!!」

渾身《こんしん》の力を込めた一撃が、トリックたちを飲み込んでいく。

「「ぎゃあああああっ」」

吹き飛ばされたトリックたちはゴロゴロと転がり、壁にぶつかってその動きを止めた。

「「きゅぅ……」」

トリックたちが気を失っているのを確認して、変身を解く。

ふう。疲れたー。思ったよりも縛りが厳しいっぽいなー。これって本格的に、何かあったら、かなりやばいかも。

「お疲れ、ネプ子」

悠々と歩いてきたあいちゃんが右手を上げる。

「あいちゃんもね」

ぱしーんとハイタッチ。

「ねぷねぷー♪」

たゆんたゆんと震わせながら駆けてきたこんぱも右手を挙げた。

「こんぱもおつかれー」

ぷにゅんとパイタッチ。うん、グッドな揉《も》み心地だね。

「ひゃあ――――っ」

ばばっとすごい勢いで隠すように、両手で自分のおっぱいをかき抱くこんぱ。

何はともあれ、これで一件落着っと。

さて、それじゃ帰ろうかなと思ったら。

――わぁぁぁぁぁぁぁぁぁぁぁっ!!

「え、なに、なに？」

突然の歓声に思わずびっくり。

続けて、万雷の拍手とともに、発せられる感謝の声。

「さすがパープルハート様」

「うちの子を助けてくださってありがとうございます」

「女神様かっこいー」

「ありがとー、めがみさまー」

わ、いつの間にか小《ち》っちゃい子に囲まれてる。それにお母《かあ》さんなのかな？　それっぽい大人の人も周りにたくさんいるし。

「あ、どうも、どうもー」

声援に応《こた》えて手を振りかえす。

うーん、感謝されるのって、なんか気持ちいいなぁ。クセになっちゃうかも。

ちょっとふらちなことを考えていると、

「ネプテューヌさん」

警備員を引きつれて、いーすんがやってきた。

「あ、いーすん」

「不審者が暴れていると聞いて急いで来たのですが……」

地面に倒れ伏しているトリックたちを横目で見るいーすん。

「すでに解決していましたか。さすがですね。ネプテューヌさん」

「えへへ。それほどでも」

「今日の活躍はきっとみなさんの信仰につながりますよ」

「本当に？　そうだったらうれしいな」

信仰が増える＝シェアが増える。

つまり、悪い奴《やつ》をやっつけて感謝されるとシェアが増えるなんて、本当にいいこと尽くしだね。

◆　◆　◆

トリックをいーすんに引き渡した後、こんぱやあいちゃんと一緒にプラネテューヌのブースに戻ってきた。

さーて、ブースの様子はどうかなー。

「たっだいま～♪」

「おかえりなさい、お姉ちゃん」

すらまん売り場の方からネプギアがやってきた。

「あ、ネプギア」

「話は聞いたよ。変な人がいて、大変だったんでしょ?」

「んー、でも、それほどでもなかったかな」

あっさり倒しちゃったし。

「でも、みんな無事でよかったね」

ほっと胸をなでおろすネプギア。

「戦闘になったって聞いて心配してたんだよ」

「そっかぁ。ごめんね」

よしよしと可愛《かわい》い妹の頭を撫《な》でて安心させてあげる。

ところで、SBの方はどうかな。

今日は最後におっきな活躍をしたから、きっとシェアが増えているはずなんだけど。

わくわくしながら、SBについてるシェアエナジーの残量計を確認。

「……あれ?」

何か、めちゃくちゃ減っているような……。目の錯覚?

「どうかしたです?」

こんぱも不思議そうに首をひねっている。

「ヘンタイさんの逮捕に協力……というか、実質ねぷねぷが捕まえたっていうのに、シェアエナジーは増えてないです？」

うーん、どうしてだろ？

もしかして、不良品つかまされたのかな。

「あ、もしかして」

「あいちゃん、何かわかったの？」

「変身して戦うとシェアエナジーが消費されるでしょ。だから、アイツを捕まえた後に得たシェアより、消費した分が多かったんじゃない？」

えーと、つまり……。

変身＆クリティカルエッジで消費したシェアエナジー

＜

みんなの歓声からもらったシェアエナジー

ってこと？

な、何かすごくありそうな答えだよ。

……ていうことは、今日は働き損!?

あ、いやいや、そんなこと言ったら、ダメだよ。

みんなからの歓声はわたしも嬉《うれ》しかったんだし。

よし、決めた。減っちゃった分のシェアは明日頑張って取り戻せばいいや。

……と思ったのもつかの間。

「ああっ!?」

とんでもない事態にわたしは思わず声を上げていた。

恐るべき事態に身体《からだ》がガクガクと震えてくる。

「……どうしよう、ネプギア」

「な、何かあったの？　お姉ちゃん」

「……麻婆《マーボー》春雨カレー、持ってくるの忘れちゃった！」

「そんなことで雰囲気出すなー」

「はうっ、そんなに怒らなくてもいいじゃん、あいちゃん」

第三話

大浴場の展望

間からこぼれてしまう。


「あ、そこは……」

身体《からだ》の上を這《は》いまわるしなやかな指先。

痺《しび》れるような甘美な刺激に、抑えようとしても抑えきれない甘い声が、かみしめた唇の間からこぼれてしまう。


「ふぁ、ああ……」

艶《なま》めいた響きは密室の中に反響し、いつまでも耳に残るようで。

それがわたしに複雑な感情を抱かせていることを、彼女は知らない。

「ダ、ダメだよ、ベールぅ……」

敏感な場所を何度もこすり上げられ、身体に力が入らない。

すでに言葉だけの抵抗なのはベールも気づいているはず。

だけど——

彼女は一切の容赦もなく、あますところなくわたしに触れようとする。

「ふふ、すべすべですわ」

肌触りを確かめるように、ベールの手のひらがぴったりと押し付けられた。

「んっ」

そのままゆっくりと丹念に肌の上を撫《な》でさすっていく。

「ね、ねぇ、ベールぅ……」

「どうしました？」

「わ、わたし、もう……」

限界を告げるわたしの言葉に、ベールはにっこりと口元に笑みを浮かべると、

「ダメです」

と、これ以上ないほど、簡潔に告げてきた。

「あなたも女の子なんですから、ちゃんと最後までしておきませんと」

「で、でも……」

「それに、もうすぐ終わりますわ」

「え……？」

もうすぐ……終わる？

この辛くも甘美な時間が？

……本当に終わるの？

……嬉《うれ》しい。とても嬉しい。

……嬉しい？　本当に？

いや、違う……。

心のどこかに。

今、この時が終わることを残念に感じるわたしがいる。

「ああ……」

ついに気づいてしまった。

自分の本当の気持ちに。

もっと、してほしい。

もっと、この時が続いてほしい。

もっと……気持ちよくしてほしい。

「はぁ……はぁ……んうっ」

ベールの繊細な指使いが、わたしの理性を溶かし、ほぐし、解いていく。

ああ、目の前が白く染まっていく。

「さぁ、ネプテューヌ、行きますわよ。準備はよろしくて？」

準備？　そんなのはとうの昔に整っていた。

あとは……そう。ただ流されるだけ。

だから、わたしは……。

お願い……。

と、一言だけ懇願した。

「はい、それでは、シャワーをかけますわよ」

「はーい♪」

シャワーヘッドから飛び出したミスト状の温水が、わたしの髪についた白い泡を押し流していく。

あー、さっぱりするなぁ。

ここはホテルの大浴場。

TGSの一日目が終わったわたしたちは、明日の二日目に備えて、会場近くにあるアポホテルっていう、おっきなホテルに泊まることにした。ゆったりできる大浴場や露天風呂《ろてんぶろ》、ミストサウナとかの他《ほか》に、ビュッフェスタイルの美味《おい》しいレストランとか、大陸中が見渡せるんじゃないかってくらい展望のいいカフェラウンジとか、とにかく、ゴージャスで素敵なところなの。

でも、お金とか大丈夫なのかな？　結構高そうだし、ちょっと心配。

で、今は大浴場で疲れと一緒に汗を流しているところ。

「ふぁ、気持ちいいなぁ」

「次は首の後ろの方を流すので、少し頭を倒してもらえます？」

「えっと、こんな感じでいい？」

「はい、ばっちりですわ」

首筋とかうなじの辺りを中心に水流が肌の汚れを洗い流す。

でも、まさか髪の毛を洗ってもらうのが、こんなに気持ちのいいことだったなんて、全然知らなかったよ。

「すすぎ残しはないと思うのですが、いかがです？」

「えーと……」

髪の毛を触って確認しつつ、備え付けの鏡で視覚的にもチェック。

うーん……よし、泡は全部流れた。バッチリだね！

「大丈夫だよ」

「でしたら、タオルでよく拭《ふ》いて、湯船に入りましょうか」

「うん」

ふわふわした真っ白なタオルで頭を拭いてっと。

ごしごし、ごしごし——

「そんなに強くしたら、髪の毛が傷んでしまいますわ」

「え、そうなの？」

「ええ。もっと優しくしないといけませんわ」

「えっと……じゃあ、こんな感じ？」

ぽんぽんとタオルで優しく叩《たた》くような感じで拭いてみる。

あ、これくらい軽くやっても結構水分が取れるんだね。

「はい、問題ありませんわ」

「ね、ねぇ……」

「どうしたの、ノワール？」

「えっと……さ、さっきから何をしてたの？」

お風呂《ふろ》でのぼせたのか、頬《ほお》を赤く染めたノワールが目を合わせずに話しかけてきた。

「何って……髪の毛を洗ってもらってたんだけど？」

「でも、何かこう……変じゃなかった？」

何が変だったんだろう？

ただ髪を洗ってもらっていただけなのに。

「別におかしいことなんて何もなかったよね？」

「えぇ。普通に髪の毛を洗っていただけですわ。あ、お礼だったので、普段よりも丁寧にはしましたけど」

「お礼？」

不思議そうな口調のノワール。

「ネプテューヌ。あんた、ベールに何かしたの？」

「したといえば、したのかなぁ」

ほとんど意識してなかったんだけど。

まぁ、結果的にはって感じかな。

「?」

腑《ふ》に落ちないのか、ノワールが眉《まゆ》をひそめていた。ダメだよ、ノワール。そんなことしてたら、眉間《みけん》にしわができちゃうよ。

そんな彼女に対して、ベールが補足をする。

「わたくしのブースで、ベールハウスというものをしたんですけど、ネプテューヌにゲストとして参加してもらったんですの」

「最初はただベールがゲームをしてて、その周りに透明な壁があったから、何なのかなーって思ってベールに聞いたんだよね」

「それで壁の内側にネプテューヌとネプギアちゃんを呼んで、お茶をしながら説明をしていたのですわ」

「そしたら、その時の会話がそのままお客さんにも聞けるようになっててさ。気がついたらトークイベントみたいになってたの」

ねー♪　と、顔を見合わせて頷《うなず》き合う。

「気がついたらって……。あなた、のんびりしてるのにもほどがあるわよ」

でも、本当にそうだったんだから仕方がないよね。

「まぁ、お客さんにも喜んでもらえたみたいだから良かったのかな?」

「確かに、お二人のおかげで評判は上々でしたわ」

「そうなの？」

「おかげさまで、シェアもかなり溜《た》まりましたわ。このままうまくいけば、明日でＳＢがいっぱいになってしまうかもしれません」

「ええ、そんなに!?」

うちなんて、シェアを一旦《いったん》枯らしちゃって、ＳＢがほんと、ただのアンテナがわりだったよ。でもま、なんとか戻りつつあるけどさ。

「ちなみに、私のところもかなり溜まってるわよ」

ええっ。ノワールのところも!?

そ、そうだ。ブランは？

「七割がた溜まってきてるわ」

ちょっと離れてお湯につかっていた、ブランが心なしか平坦《へいたん》なお胸を張りながら答える。

「……何かむかつく気配を感じた」

びくっ!?

き、気のせいだよ、きっと……。

「で、あなたのところはどうだったのよ」

得意げな様子のノワールが話を振ってくる。

「え？　わたし？……も、もちろん。バリバリだよ。バリバリすぎて溢《あふ》れるんじゃないかってくらいの溜《た》まりっぷりなんだから」

本当はまったく逆なんだけど……。

うーん、どうしようかなぁ。

「それにしても、こんなのんびりした時間が過ごせるようになるなんてね」

はぁ、と熱っぽい吐息を漏らしながら、ノワールが感慨深げな表情を浮かべた。

「どういうこと？」

「シェア争いしてたころのことを思いだしてみなさいよ」

あー、あの頃《ころ》って毎日のように戦ってたっけ。

おまけにみんな実力が近いうえに、四人いるから、誰《だれ》かがやられそうになると、他《ほか》の女神がちょっかいだしてきて、ますます決着がつかなくて。

……ほんの少し前のことだっていうのに、今、思い出しただけでもげんなりしちゃうよ。

「本当に平和になって良かったよね」

「でしょ」

ノワールの言葉に、ベールとブランもうんうんと頷《うなず》いている。

平和万歳。争い反対だね。

いつまでもこんな時間が続けばいいなぁ。

「まぁ、あのまま戦ってたら、私が勝ってたけどね」

……あれ？

「だって、一番の実力者は私だし。闘いが長引いたとしても、最終的には私が勝つに決まってるわ」

あ、ノワールってば、そういうこと言っちゃうんだ。

「いやいや、何いってるのかな、ノワールは」

「うん。勝ったのは私に決まってる」

「あら、ブラン。もしかして、のぼせました？　そこはわたくしですわよ」

ベールとブランまで!?

「じゃあ、いっそのことTGSで決着をつけない？　明日のイベント終了時に一番シェアエナジーを集めていた国の勝利。ただ大々的にやっちゃうと、世間体がよくないからあくまで、内輪での勝負ってことで」

「その勝負乗った」

「では、わたくしも」

「ネプテューヌはどうする？」

「もちろん、やるに決まってるよ！」

ざばっと湯船から立ち上がりながら、宣言する。

って、勢いで話に乗っかっちゃったけど、今日変身しちゃったから、あんまりシェアエナジーが残ってないんだよねぇ。

うーん、どうしようかな。

◆　◆　◆

「ふぅ、いいお湯ですわね」

「一日の疲れが溶けていくようです～」

湯船につかってほぅっと熱い吐息を吐くベールとこんぱ。

柔らかそうなふたつのふくらみがぷかぷかとお湯の中に浮いていた。

なんていうか、世界よ、これがサービスカットだ！　って感じだね。

でも、これがテレビで放送されるとしたら、湯気とかで隠されちゃうんだろうなぁ。

なんてもったいない。

でも、ダメだよね。こんな素晴らしいπをふたつも拝ませてもらったら、色々と我慢できなくなっちゃうよ。

というわけで、こんぱとベールの柔らか質量兵器をロックオン。

全軍、深く静かに侵攻せよ！

「あのぉ……ねぷねぷ」

「ん、なに？」

「えっと……どうして、手をわきわきさせてるです？」

「エネルギー充填《じゆうてん》中って感じかな？」

「エネルギー？」

小首をかしげるこんぱ。

「それにどうして、少しずつ距離を詰めてきてるんですか？」

タオルで汗を拭《ふ》きながら、ベールもいう。

あ、お風呂《ふろ》にタオルつけたらいけないんだよ。

っと、そんなことは置いておいて。

「それはね……」

「それは……？」

「パイ揉《も》みするためだよー♪」

がばーっとお湯をかき分けて急接近！　ものすごいスピードで急速潜行！　そしてゼロ距離で急浮上！　πを、二人をこの手に掴《つか》む！

ぽむん。ぽむん。

「きゃー!!」

「あらあら」

レッツアクション！

ふにふに。

おお、すごい。指がめり込んでく。

しかも柔らかさの中に弾力もあって、埋もれた指を押し返してくる。

それと、この感触は……もしかして、

「また大きくなった？」

「か、変わってないですーっ」

「あん、サイズは変わってないはずですけど」

えー、でも、こっちの揉《も》み心地は変わったって言ってるけど。

揉み揉み。

ふにふに。

ぷにゅぷにゅ。

「ひゃあっ、ねぷねぷ。それ以上はダメですってば」

「あん、くすぐったいですわ」

高級なシルク顔負けの艶《つや》やかな肌触りに、揉み心地抜群の感触。

これは素晴らしいものだね♪

あまりにも気持ちがいいものだから、夢中になって揉《も》んでると、

「ふあ、あ……ああんっ」

「あうっ。そこはまずいですわ」

二人の身体《からだ》がぴくんって跳ねて、さらに、声がひときわ甲高くなってきた。

手のひら全体で持ち上げるように刺激を与えてみると。

あれ？　今、手のひらに何か当たったような……。

「調子に乗りすぎですっ!!」

「ねぷ？」


——ゴスっ!!

頭部へのとてつもない衝撃とともに、わたしの視界は暗転した。


「あれ？」

気がついたら、わたしは湯船から出て洗い場に寝ていた。

えっと、何が……？

——ずきっ。

「あうっ」

いたたた。何これ。後頭部が痛いんだけど。

あ、こぶが出来てる!?

どうしてー!?

「あ、ねぷねぷ、起きたです?」

「こんぱ?　えっと、何があったのかな?」

「は、はい?　そ、それはですね。湯あたり……じゃないです?」

うーん、湯あたりかぁ。

だったら気を失っていたのも納得かな。

「あれ?　でも、そうすると、この頭の痛みはいったい?」

「それはアレです。湯あたりして倒れた時に、ぶつけたですよ。きっと」

「倒れた時にぶつけちゃったのかぁ。そっか。それならしかたないね」

「はい、不幸な事故です。念のため、頭を見てあげるです」

「あ、ありがとー」

屈《かが》んだわたしの頭を覗《のぞ》き込むこんぱ。

おおう。タオルに包まれたダイナマイトなπが目の前にどどーんと。

……触ったら、怒られちゃうかな?

――ずきんっ。

「ねぷっ!?」

さっきよりも激しい痛みがっ。

「あー、こぶになっちゃってるですね。とりあえず今はタオルを水で濡《ぬ》らして、冷やしてみるです」

「ありがとう、こんぱ」

あー、冷たいタオルが気持ちいい。

「ところで、みんなはどこに行ったのかな?」

「あ、ついさっき、上がったところです。もう晩ご飯の時間です」

「あれ? ということは、こんぱ、わたしのこと待っててくれたの?」

「そ、そんな感じですよ?」

目をきょろきょろさせながらこんぱが答える。

「そうなんだ。ありがとうね」

わざわざ待っててくれるなんて、やっぱりこんぱは優しいよね。

「じゃあ、急いで着替えて、みんなのところに行こう? だって、今日の夕食はビュッフェだったし、早く行かないとなくなっちゃうよ」

何故《なぜ》かおどおどした様子のこんぱの手を取って、脱衣所に向かった。

さ、早く着替えないとね。

豪華な夕飯がわたしを待っている！

「うぅ、ちょっと胸が痛いです……」

◆　◆　◆

「「「「「「いただきまーす♪」」」」」」


今日の夕食は、ホテルのレストランでみんなでビュッフェ。

テーブルの上に並べられたたくさんの料理に目移りしちゃいそう。

「う～、どれも美味《おい》しそうだよ～」

ビュッフェって好きな料理がたくさん食べられるから好きなんだよねぇ。

でも、あれもこれもってよくばってるとすぐにお腹《なか》いっぱいになっちゃうし。

痛し痒《かゆ》しってところなのかな。

っと、こうしちゃいられない。

早く料理を取らないと美味しそうなのから、なくなっちゃうからね。

「えーと……」

取り皿片手に、料理を吟味開始。

「まずはやっぱりお肉だよね」

というわけで、ハンバーグをひとつ。

「あとは付け合せにフライドポテトでしょ」

でも人参《にんじん》とかほうれん草のソテーはいらないっと。

あ、ナポリタンがある。これもかかせないよね。

他《ほか》にはからあげに、ウインナー、オムレツに……あ、野菜系が全然ない。

じゃあ、ポテトサラダにしよう。

自分の食べたい料理をお皿にたっぷり盛ったら、座席に移動。

「ブランはもう選び終わったの？」

彼女の右隣に腰を下ろしながら、お皿の中身を見てみる。

何を選んだのかなー？

「あれ？　あんまり取ってないね」

お肉も野菜もバランスよくとってるけど、全体的に量は少なめ。

お皿の三分の一くらいしかよそってないけど、これくらいで足りるのかな。

「一回の量を少なめにして、色々な料理を少しずつ食べるつもりだから、大丈夫よ」

なるほど。一点集中型じゃなくて、広範囲殲滅《せんめつ》型なんだね。

「そういうあなたはどうなのよ？」

　わたしとは反対側——ブランの左隣の席に座りながら、ノワールがわたしの選んだ料理を覗《のぞ》き込んできた。

「どう、すごく美味《おい》しそうでしょ？」

　ほらほら、正直に称賛してもいいんだよ。

　わたしは誰《だれ》の称賛でも受ける！

「………………」

　って、あれ？　何でノワールってば考え込んじゃってるの？

　何も考えることなんてないのに。

　ノワールがむむむっと考えている中、ブランがわたしの料理を見て一言。

「旗を立てたらお子様ランチ」

　ええっ!?　どうしてそうなるの？

「あ、それよ！　中々出てこなくて、どうにも気持ち悪かったのよね。ありがとう、ブラン。助かったわ」

「むー、何か納得いかなーい」

「でも、お子様ランチに近いのは確かよ。残念だけど諦《あきら》めた方がいいわ」

　ブランがぽんとわたしの肩を叩《たた》いた。

「それにあの子たちに比べたら、断然マシ」

え？　あの子たち？

ブランに促されて隣のテーブルを見ると、そこにはロムちゃんとラムちゃんがいた。

あのふたりがどうかしたのかな。


「わ、このシュークリーム美味《おい》しい♪」

「こっちのゼリーもおいしいよ」

ロムちゃんとラムちゃんはいきなりデザートからかぁ。

中々攻めてるねぇ。

「ねぇ、ロムちゃん、そっちのゼリー美味しそうだね。一口ちょうだい？」

「うん、いいよ。代わりに……シュークリームもらってもいい？」

「じゃあ、交換だね」

「うん。交換……あ」

「どうしたの？　ロムちゃん」

「……新しいの、取ってくる？」

「あ、そっか。ビュッフェだからまだあるもんね。じゃあ、これ食べたら次はゼリーにしようっと」

「私は、シュークリーム（うきうき）」

むむむ。どっちも美味しそう。

わたしもデザート中心に行けばよかったかなぁ。

とりあえず、次はゼリーとシュークリームは確保しよう！


さて、それじゃ気を取り直して、わたしも食べようかな。

まずは……やっぱりハンバーグだね！

あーん♪　おお！　すっごくやわらかくておいしー♪

さすが一流ホテルのビュッフェだね。

「ねぇ、ネプテューヌ。ちょっといい？」

ハンバーグに舌鼓を打っていると、ノワールが話しかけてきた。

「ん？　ふぁに？」

「……口の中のモノを飲み込んでからでいいわ」

「ふぁ～い」

もぐもぐ。もぐもぐ。もぐもぐ。

ごくん。

「お待たせ。で、どうかしたの？」

「うん、ちょっと聞きたいんだけどさ。昼間にトラブルがあったんでしょ?」

トラブルっていうと……。

「キッズスペースの話かな」

トリックとかいう、幼女好きの不審者が来て、大変だったんだよね。

でも、わたしが変身して、しっかりお仕置きしておいたから、明日は平気だと思うけど
……。

「そう、それ。あと、ブランのところにも変なのが来たって聞いたけど」

「あ、あのアブネスとかっていう幼女のことだよね。あの子、すっごく失礼なんだよ。わたしのこと、幼女認定するし」

むぅ、思い出しただけでむかむかしてきた。

美味《おい》しいものを食べてる時に、むかむかするのはダメだよね。こんな時はもっと食べて気分を変えないと。

「ぱくぱく、もぐもぐ……」

「今日はたまたまうまく対応できたからいいけど、もし失敗してたら、このイベントそのものが危うかったわ」

シリアスな表情を浮かべるノワール。

「もぐ?　(訳:そうなの?)」

あ、このポテトサラダ。美味しい。お芋が違うのかな？

「ええ。今回のイベントは、平和条約を締結したことを記念して開催されたでしょ。だから、世間からの注目度はかなり高いのよ。それなのに、変なトラブルでも発生してみなさい。一斉にバッシングが起こりかねないわ」

「もぐ、もぐもぐも（ふーん、そうなんだ）」

あ、このナポリタン。すっごくもちもちしてるー♪

「特に今は、平和条約が締結されてそんなに経《た》ってないから、政情がまだ不安定なところもあるし。何より、今の世界の状況をよく思ってない人もいるみたいなのよ」

なるほど……ぱくぱく……さすが……はむっ……ノワールだね。

目の付け所が……もぐもぐ……違うよ。

「あ、ベール。そのお肉美味しそうだね。どこにあったの？」

「ローストビーフですわ。向こうのテーブルでシェフが切ってくれますわよ」

「へぇ、じゃあ。次のおかわりの時にもらってこよう」

「…………」

ん、どうしたの、ノワール？　じーっと音が聞こえてきそうなくらい見つめちゃって。

「あ、もしかして、このハンバーグ食べたかった？」

うーん、仕方ないなぁ。ノワールってば食いしん坊なんだから。

「特別に一口分けてあげようか？」

「…………」

あれ？　ノワールの肩がぷるぷると震えてる。

そんなに食べたかったの？　だったら悪いことしちゃったかな。

「ネプテューヌ～」

ガタンと椅子《いす》を鳴らして立ち上がるノワール。

「ねぷ？」

気のせいかもしれないけど。両肩から湯気が立ち上っているような……。

「少しは真面目《まじめ》に聞きなさいよ！」

「わー、ノワールが怒ったー!!」

「……これは避難するが吉」

「あらあら」

「待ちなさーい!!」

本能的に逃げ出したわたしを、追っかけるノワール。そして巻き込まれるのが嫌なのか、
お皿を持ってテーブル下に隠れるブランと、優雅に傍観を決め込むベール。

いや、ほんと、なんでわたしだけ追いかけられなきゃなんないの？

それを見ていた他《ほか》の子たちも――

「あー、鬼ごっこしてるー」

「わ、わたしたちも入って、いい……？」

と、まっさきに参加を表明するラムちゃんとロムちゃん。

「お姉ちゃん、こんなところで何やってるの!?」

「いいから、ユニも手伝いなさい。とにかくネプテューヌを捕まえるのよ！」

「え、あ、うん……」

と、ノワールをたしなめようとしたものの、逆に鬼として参加させられてしまったユニちゃん。

「えっと……」

おろおろしているネプギアには、あいちゃんが声をかけていた。

「参加するなら早くした方がいいわよ。こういうのって突発的に始まる割に、終わるのも突然だから」

「あ、はい」

と返事をしつつも、まだ少し戸惑った様子のネプギア。

「えっと、アイエフさんは参加しないんですか？」

「私はまだデザートが残ってるから、もう少しここで……」

と、あいちゃんのセリフを遮るように、わたし参上。

「あれ？　あいちゃんってば、そのパイ食べないの？　すごく美味《おい》しいのにもったいないなぁ。あ、そうだ。だったら、わたしが手伝ってあげるね」

さっき食べたけど、サクサクのパイ生地と、とろ～り濃厚なクリームの組み合わせがばっちりで、いくつでもいけちゃいそうなくらい美味しいんだ。

というわけで、残すのももったいないから、いっただっきまーす。

「え？」

「ぱく。もぐもぐ……はぁ～、美味しい」

ほっぺが落ちそうなくらい美味しいのに、残すなんて、あいちゃんってば、料理だけでお腹《なか》いっぱいになっちゃったのかな？

「ネ～プ～子～!!」

「え!?　何で怒ってるの？」

「問答無用！」

「わー、鬼が増えたー!!」

「誰《だれ》が鬼よ!!」

こうして――明日への英気を養う食事会のはずが、何故《なぜ》かノワール主催の鬼ごっこに変わちゃった。

おっかしいなぁ。楽しくご飯を食べていただけなのに……。

◆　◆　◆

楽しい夕食を終えて、それぞれの部屋へ。

同室のネプギアの他《ほか》に、こんぱとあいちゃんにも声をかけてっと。

「で、わざわざ呼び出して何かあったの？」

ベッドの上に腰を下ろしたあいちゃんが単刀直入に聞いてくる。

「うん。実はちょっと相談したいことがあるんだ」

「相談です？」

「今日一日、他のブースを見て思ったんだけど……」

あえて言葉を区切って、みんなの注目が集まるのを待つ。

「うちだけ、シェアが減っちゃってるんだよ」

「でも、それは変身して戦ったからだよね」

うん、確かにネプギアの言う通りなんだけどね。

「みんなを助けるためだったのですから、それは仕方のないことです」

「でも、うちに集まってるシェアが一番少ないっていうのもちょっと微妙じゃない？　なんていうのかな。こう……プラネテューヌの名折れというか」

何よりこのままだと、ノワールたちにダブルスコアで負けそうだし。

「よくぞ言ってくれました。ネプテューヌさん」

「わっ、いーすん!?」

ばーんとドアを開けて、いーすんが入ってきた。あー、びっくりしたぁ。

「ようやくネプテューヌさんも女神としての自覚が出てきて……ううっ」

いーすんがハンカチで目元を拭《ふ》いた！　って、わたしの評価ってどんだけなの？

教えて、女神様っ。

……あ、女神はわたしか！

「まぁ、それは置いておきまして」

置かれた！　もっと持っててもいいんだよいーすん!?

「今後のことも考えると、プラネテューヌだけシェアを増やすことができなかったというのは、世間的にあまりいいことではありません」

まぁ、確かにそうだよね。四つの国のうち、他はシェアが増えてるのに、ひとつだけ下がっているとなると、何かあったのかと思っちゃうし。

「そんなわけで。明日が最終日だから、みんなの力を貸してほしいの」

「う、うん。わかったよ、お姉ちゃん」

ネプギアがまっさきに返事をくれた。

うんうん。さすがわたしの妹だね♪

「わたしもがんばるですよ、ねぷねぷ」

胸の前でぐっと拳《こぶし》を握りしめるこんぱ。

「力を貸すのはいいけど、何をするの？　普通にやってもシェアは増えないような気がするけど……」

と、あいちゃん。

「ふふふ。それに関してはテコ入れの秘策があるんだぁ」

上手くいけば、会場中の注目はプラネテューヌのもののはず。

「何か嫌な予感しかしないのは気のせいです？」

大丈夫だよ、こんぱ。ていうか、この秘策の肝はこんぱだから。

「あ、あれ？　何か寒気がするです」

「本当は私も協力できればいいんですけど、実行委員長という立場上、公平でないといけないので」

「うん。いーすんが大変なのはわかってるから。こっちのことはわたしたちに任せてよ」

「ネプテューヌさん……」

感動に瞳《ひとみ》をうるうるさせるいーすん。

「さて、それじゃ明日はみんなで力を合わせてがんばるぞ！」

「「「おー！」」」

◆　◆　◆

——ネプテューヌたちが気合を入れていたその頃《ころ》。

人気のないプラネテューヌブースに、怪しげなふたつの影があった。

「オバハン、早くするっちゅ」

「そんなこと言っても暗くてよく見えな……あいたっ」

ドガドガっと積み上げられていたぴよまんの段ボール箱が崩れる。

「ああ、もう、静かにするっちゅ。見つかったらまずいっちゅよ」

「わ、わかってる。それよりワレチュー、例のブツはちゃんと確保できたのかい？」

「もちろん。おいらにかかれば、偽物とすりかえることくらい楽勝っちゅ」

と言いながら、抱えていた箱の中から、小さな機械を取り出す、小柄な方の侵入者。

「じゃあ、あとはブツを持って逃げるだけ……っ!?」

カツーン。カツーン。

革靴がアスファルトを叩《たた》く音が響いてきた。

「まずいな。警備員が来たみたいだ」

「早く隠れるっちゅ!!」

ハンディライトの光が段々と近づいてくる中、あやしげな二人の侵入者は声を殺して、物陰に隠れていた。

しばらくして——

警備員が離れていったころ、物陰からごそごそと二人の侵入者が出てくる。

「どうやら、警備が厳しくなったようっちゅ。多分、昼間にトラブルがあって、その影響かもしれないっちゅよ」

「ちっ、あと少しだってのについてない」

「このまま、ブツを持って逃げるのはちょっと難しそうっちゅ。それにこの量ではたいした効果は見込めないっちゅ」

「そうだなぁ……じゃあ、たとえばこういうのはどうだ?」

ここそこそ小さな影に耳打ちする。

「それなら、いけるかもしれないっちゅ」

「だろ? それじゃ、まずはブツを隠して、それから脱出するよ」

「了解っちゅ」

第四話

プラネテューヌブースに今、必要なコト

魅惑のサービス回から一夜明けて。

今日はＴＧＳの二日目にして、最終日！

「いきなりクライマックスだよ!!」

開場前のプラネテューヌブースにわたしの声が響き渡る。

まだお客さんは入ってないっていうのに、気分はすでにテンションＭＡＸ!!

マスターアップ直前で徹夜三日目突入中のゲームクリエイター並みに、テンション上げていっちゃうよ――――っ!!

「さあ、みんな！　準備はいい!?」

「お姉ちゃん……」

「ねぷねぷ、大丈夫です？」

……あれ？　えっと……そんな心配そうな目で見られても。

もしかして、何か間違えちゃった？

「ネプ子、熱はないよね？」

あいちゃんの手がわたしのおでこに触れた。

あ、冷たくて気持ちいい。

ふぅ……。少し落ち着いたところで、もう一回仕切り直し。

今度はテンションを抑えめで。

「えっと昨日話したけど今日はシェアの獲得目指して、がんがんテコ入れをしていくよ」

「それはいいけど、具体的に何をするの？」

さすが、あいちゃん欲しいところに欲しい質問《パス》を投げてくれる。そこにシビれる、憧《あこが》れるゥ。

「ふっふっふ。実は必要なものはすでに用意してあって、あとは着替えるだけなんだよ」

「着替える？」

「そう。いつもとは違う服で接客して、お客さんたちに新鮮な気持ちで、プラネテューヌを知ってもらおうって作戦なの」

「ふぅん。ネプ子にしては案外普通ね」

わたしにしてはって、ひどいよ、あいちゃん。

「で、その衣装は全員分あるの？」

「うん。素材は簡単に手に入ったからね」

「ちょっと待って。その言い方だと、手作りだったりするの？」

「うん。そうだよ」

「……誰《だれ》が作ったの？」

何かを探るような視線のあいちゃん。

「わたしだけど」

その時——、ブースに稲妻が走った。

大げさなようだけど、みんなそんなふうな顔してるんだよね。

それだけ、わたしが衣装を作るのが意外ってこと？

「何か嫌な予感しかしないんだけど……」

あいちゃんってばひどい。

いいもん。これを見れば、あいちゃんもびっくりして何も言えなくなるはずだし。

「じゃあ、百聞は一見に……なんだっけ？」

「しかず、でしょ」

「そう。それそれ。で、百聞は一見にしかずってことで、代表して、まずはこんぱが着てくれないかな？」

「わたしです？」

「うん。お願い、こんぱ」

両手を合わせて、お願いする。

「わかったです。ねぷねぷを信じるですよ」

「ありがとー、こんぱー」

「どういたしましてです、ねぷねぷー」

がしっ！

意味もなく抱きしめ合い、友情を確かめるわたしたち。

「じゃあ、奥の部屋に置いてあるから、よろしくね」

「はいです！」

意気揚々とカーテンで遮られた、ブースの奥――倉庫兼控室に入っていくこんぱ。

そして、二十分ほど経過して。

「こんぱ、準備はいい？」

「い、一応、着替えたですけど……」

そう。だったら準備はオッケーだね。

じゃあ、あいちゃん、ネプギア。

二人とも、とくとご覧あれ！

「かもん、こんぱ！」

………あれ？

こんぱが出てきてくれない。

どうしたのかな？

「こんぱー、出てきてよー」

ブースの奥に続くカーテンの陰に隠れているこんぱに声をかける。

「ね、ねぷねぷ～。でも、この衣装すごく恥ずかしいですよ～」

「大丈夫だって。きっとみんな視線釘《くぎ》づけだよ」

「でも～」

声は聞こえてくるものの、全然出てくる気配がない……。

うーん、仕方ないなぁ。

こうなったら実力行使しかないよね！

「というわけで、ご開帳！」

カーテンを強引にオープン！

「きゃあっ!?」

「なっ!?」

「わぁ……」

三者三様の声が上がる中、こんぱの姿があらわになった。

「ね、ねぷねぷ～、これは何なんですか～？」

ブルーライトディスクの穴に紐《ひも》を通して作ったビキニ。題してブルーライトビキニ！

トップスから零《こぼ》れ落ちそうなπがすごい迫力だね。

うん、これならお客さんも満足間違いなし！

でも、ひとつだけ欠点があるんだよねぇ……。

「後ろ向くときはくれぐれも気をつけてね。お客さんがいたら、お尻《しり》が大変なことになってるのが見えちゃうから」

「うぅ、あいちゃ～ん……」

半泣き状態のこんぱが、あいちゃんに抱きついた。

わっ、ブルーライトディスクで隠してる場所がむにゅうってなって、何かとんでもなくすごいことになってるよ。

「ア、アンタ。コンパになんて恰好《かっこう》させてるのよ」

こんぱを背中でかばいながら、あいちゃんが詰め寄ってきた。

「インパクトは十分じゃない？」

「インパクトしかないわよ。ていうか、こんなのアウトに決まってるでしょ」

「そうかなぁ。ギリギリセーフの範疇《はんちゅう》に入るような気がしないでもないアウトだと思うんだけど」

「結局、それもアウトよね！」

「でも、一般作でギリギリのところを攻めるから、よりエロくなるって」

「エロって言っちゃった!?　もう完全にアウトじゃない!!」

うーん、そんなにダメかなぁ。

「ネプギアもダメって思う？」

「う、うん。恥ずかしすぎるよ」

今のとこ、二対一でアウトかぁ。

むむむ、形勢が不利すぎる。

「何を騒いでいるんです？」

「あ、いーすん」

今は実行委員会の本部につめているはずのいーすんがそこにいた。

もしかして、心配して見に来てくれたのかな。

そうだ。ＴＧＳの実行委員長のいーすんにジャッジしてもらえば、アウトかセーフの判断は確実だよ。

となれば、いーすん。早速……。

「ねぇ、いーすん。昨日、話したテコ入れの秘策なんだけどね」

「ええ、実はそれを確認したくて、空き時間に寄ってみたんです」

「だったら、丁度よかったよ。今、その衣装をこんぱに着てもらったんだけどね。みんなきわどすぎるって言ってて……」

「……………」

あれ？　いーすんが固まっちゃった。

「おーい、いーすーん」

目の前で手をひらひらとさせても反応なし。

「いーすん？」

顔を覗《のぞ》き込んでも反応なし。

「こちょこちょこちょこちょ」

身体《からだ》をくすぐってみても……。

「って、何をするんですか!!」

あ、反応があった。

「どうしたの？　いーすん」

「それはこっちのセリフです。な、何なんですか、このハレンチな衣装はっ」

わ、ハレンチとか言われちゃったよ。

「ででも、とある雑誌で紹介された由緒正しい衣装なんだよ」

「こ、これのどこが由緒正しいんですか」

ぷるぷると指先を震わせながら、こんぱを指差すいーすん。

そんなにハレンチかなぁ？

「とにかく、この衣装の着用は認められません」

「ブー、ブー」

「あんまり聞き分けが悪いとペナルティですよ」

ペナルティ？　何だろ。

「今日のおやつ抜きにします」

な、何だってー!?

そんな恐ろしいペナルティが……。

し、仕方ないよね。ここは涙を呑《の》んでおこう。

「……はーい」

わたしが頷《うなず》くのを見て、いーすんは怒りを治めてくれた。

「アイエフさん、コンパさん、そして、ネプギアさん」

くるりと三人の方に身体を向けるいーすん。

「ネプテューヌさんのこと、くれぐれもよろしくお願いしますね」

ねぷっ!?　わたしがお願いされるの!?　女神様なのに？

って、あいちゃんたちもわかりましたって頷かないでっ。

「それでは、わたしはそろそろ本部の方に戻らないといけないので。あとのことはよろしくお願いしますね」

そう言うと、いーすんはふよふよと飛びながら、帰っていった。

「とりあえずコンパは着替えてきたら？」

「そ、そうですね。着替えてきます」

あいちゃんに促されて、足早にブースの奥に消えていくこんぱ。

おお、揺れてる揺れてる。

やっぱりあの衣装なら行けると思うんだけど、NGになっちゃったしなぁ。

テコ入れ、どうしよう。

うーん、うーんと頭を抱えていると、つんつんと背中をつつかれた。

「ネプギア？」

「ねぇ、お姉ちゃん。ここは正攻法でいってみない？」

正攻法？

◆サイン会スケジュール
　参加資格：プラネテューヌ公式グッズご購入のお客様
一二：〇〇～一三：〇〇　ネプテューヌ
　　　　　　　　　　　　ネプギア

◆握手会スケジュール

参加資格：プラネテューヌ公式グッズご購入のお客様
一三：三〇～一四：三〇　ネプテューヌ
ネプギア

ネプギアがいう正攻法っていうのが正解だったみたい。だって、今の時点でもう何十人もお客さんが並んでるし。しかも、まだ列は伸びてるし。

「握手会の最後尾はこちらですー」

「そこ、列を乱さないで」

物販の方を一旦《いったん》、ストップさせて、こんぱとあいちゃんには列の整理をお願いしたんだけど、かなり苦戦しているなぁ。

「何かたくさん人が集まってきたね、お姉ちゃん」

「うん。正直、予想以上かな、これは」

ブースの奥にある控室から、外を見てるんだけど、これはすごいよね。もうブースが人でいっぱいだし。行列なんて、隣のルウィーのところまで伸びてるんだよ！

ちなみに、ネプギアの提案で始まった正攻法っていうのは、サイン会と握手会のこと。グッズを買ってくれた人限定で――全員は無理なんで一部だけなんだけど――参加できるの。

プラネテューヌの女神のわたしと、妹のネプギアと触れ合うことができる機会なんてめったにないからね。たくさんの大きなおともだちと、そこそこの数の小さなお友達が集まってくれてるんだ。

「はぁ、良かったぁ」

ほっと安堵《あんど》のため息を漏らすネプギア。

「もしうまくいかなかったらどうしようかと思ってたの」

「でも、うまくいったから、オールオッケーだよね」

「うん」

ネプギアも嬉《うれ》しそうだし、やっぱりやってみて良かったね。

とかなんとか言いつつ、ほっこりしてると、あいちゃんがやってきた。

もう出番なのかな？

「ネプ子、ネプギア、そろそろ時間だけど準備はいい？」

「わたしはいつでも準備万端だよ！」

「うん。私も大丈夫」

「それじゃ二人とも、よろしくね」

「オッケー♪」

「はい。がんばります！」

　こうして――わたしたちの初となるサイン会と握手会の幕が開けた。

　……と思っていた時期がわたしにもありました。

「あの、応援してます！」

「これからもがんばってください」

「やっべ、ネプギアちゃんと握手したった」

　みたいな感じで、ネプギアの方の順番待ちの列はどんどん長く伸びていったんだ。

　うん、それは良かったんだけどさぁ。一方、わたしの方はというと。

「なんで、誰《だれ》もこないのーっ!!」

　最初に数人並んだあとは、全然人が来ないんだよね。

　なんで、どうして？

「おかしいわね。これでもネプ子は一応、プラネテューヌの女神様だから、かなり人気はあるはずなんだけど」

　あいちゃんの意地悪。一応じゃなくてちゃんとした女神様だもん。

「あ、もしかして……」

「え、なに？　原因がわかったの？」

「みんなの中で、ネプ子と女神さまがつながらないとか？」

……え？

「ほら、変身するとスタイルが変わっちゃって、ほとんど別人になるでしょ。で、公式の行事とかだとパープルハート様に変身して参加するから」

がーん。まさか、そんなことが……。

「でも、それをいうならネプギアだって……あ、まだ変身できないんだった」

「まぁ、ネプギアはそのままでも普通に可愛《かわい》いし。あ、別にネプ子が可愛いくないってわけじゃないからね。ただ、ネプ子の場合、ギャップが、ねぇ」

「わーん、あいちゃんの意地悪ー!!　あとで洋服ダンスの中、全部、ブルーライトビキニに替えてやるんだからねー!!」

ただだっと走り去りながらの宣言。

「ちょっと、洒落《しゃれ》にならないイタズラは止《や》めなさいよ!!」

ふんだ。

止めてももう遅いんだからね。

わたしのガラスのハートはぶろーくんしちゃったんだもん。

そして、そのままブースから出ていこうとした時。

「あ、めがみのおねーちゃんだ」

「ねぷ？」

お母さんに抱っこされたちっちゃな女の子が私の方に手を振っていた。

あれ？　どこかで見たような……。

「えっと……あ、昨日の！」

トリックとかいう変質者にぺろぺろされそうになっていた女の子だ！

「おねーちゃんにもういっかいおれいしたくて、つれてきてもらったの」

「女神様、その節はありがとうございます」

「ありがとー、めがねのおねーちゃん」

うわぁ、何だろ。自分でもびっくりするくらい嬉《うれ》しい。あと、めがねじゃなくて、めがみね。それだとわたし違う神様になっちゃうから。

「うんうん。あなたも無事でよかったよ」

女の子の頭をぐりぐりと愛情をこめて撫《な》でていると。

「お姉ちゃん。きのうはありがとー」

「かっこよかったよ」

「ねえ、ぼくもめがみになれるかな？」

昨日、助けた子どもたちが大挙してやってきてくれた。

どうしよう。嬉《うれ》しすぎて、どうにかなっちゃいそう。

あー、女神やってて、よかったー!!

「あ、あと、最後の子だけど、男の子は女神にはなれないからね?」

「がーん……」

なんてことをしているうちに、人が人を呼んで気がつけば百人規模の行列ができていた。

それもこれも全部ちびっこのみんなのおかげだよ。

「本当にありがとうね。みんなー」


——で、そのまま何事もなければ、普通にいい話で終わったんだけどなー。

握手会を始めて三〇分くらいたったころかな。

「お姉ちゃん」

ネプギアがおずおずと声をかけてきた。

「何かあったの?」

「うん。何故《なぜ》か急にお客さんが来なくなっちゃって」

うーん。確かにブースの中を見てみると、かなり人が減ってるみたい。

でも、どうしてなんだろう?

「ただいまー」

「あれ？　あいちゃん？　どこか行ってたの？」

「うん。急にお客さんが減り始めてたから、ちょっとその原因を調べにね」

おお、さすが、あいちゃん。問題が発生してからの迅速な対応。プラネテューヌの諜報《ちょうほう》部員の鑑《かがみ》だね。

「で、どんな理由だったの？」

「うちのブースと同じ理由だったわ」

「ねぷ？」

「どこのブースもテコ入れを開始したのよ」

◆　◆　◆

とりあえず、あいちゃん、ネプギア、こんぱの3人と一緒にお隣さんであるルウィーのブースへ偵察に行ってみることに。

「もう。せっかくうちが平和的にシェアを溜《た》めようと思ってたのに」

「まぁ、考えることはどこも同じだったみたいね」

と、あいちゃん。

「うー……」

でも、どこかが悪いことをしているわけじゃないんだよねぇ。

だから、逆に対策がとれないんだけど。

何かいい手がないかなぁ。

……うーん、どうしよう。

ん？　『どうしよう？』

どうしよう……どうしよう……どうしょう……どうじょう……道場……。

「そうだ！　道場破りだよ！」

「はい？」

「いきなりどうしたんですか、ねぷねぷ」

「今、ちょっと思いついたんだけどね」

「はいです」

「各ブースに行って、道場破りをするっていうのはどうかな？」

「お姉ちゃん、さすがにそれはまずいんじゃないかな」

内容が内容だけに、声を潜めるネプギア。

「TGSって平和の祭典なのに、争いを助長しちゃうんじゃないの？」

「大丈夫だって。直接的な争いは終わりを告げたんだよネプギア。あくまでイベントに飛び入り参加するだけだし、こっちは活躍して、シェアのアップ。向こうは向こうでイベントが盛り上がって、シェアのアップ。ほら、あれだよ。よくいうＷＡＮ《ワン》ＷＡＮ《ワン》の関係ってやつ？」

でも、それ以上にうちが活躍すれば……ねぇ。プラネテューヌがシェアトップってことになっちゃうのは不可抗力だし。

「何、悪そうな顔してるのよ、ネプ子」

悪そうな顔？　気のせいだよ、気のせい。

「あと、それをいうならＷＩＮ－ＷＩＮだから。ＷＡＮＷＡＮだと犬みたいじゃないの。まぁ、でも、その考えは悪くないかもね。うまくいけばＴＧＳ全体の盛り上げにもなりそうだし。それに女神同士が平和的に互いのシェアを高めあうケースとしてはありかもね」

真面目《まじめ》な表情で考えながら、あいちゃんが同意してくれた。

「じゃあ、この後の方針としては……」

一．他《ほか》のブースのイベントに飛び入り参加
二．イベントを盛り上げつつ、ちゃっかりシェアを確保
三．他の国より活躍してシェアを稼ぐ

「……の三つをベースにして、動くってことね」

「そういうこと」

なんてことを歩きながら話していたら、いつのまにやらルウィーのブース前に到着しちゃっていた。

「えーと、ブランは……」

「あ、向こうにいたよ。ラムちゃんとロムちゃんも一緒みたい」

「それじゃ、行くよ。みんな準備はいい？」

わたしが尋ねると三人とも首を縦に振って答えてくれた。

それじゃ、大きく息を吸って——


「たーのーも———」


「そんなに大きい声を出さなくても聞こえるわ」

普段通りにクールな様子のブランが面倒くさそうに対応してくれた。

「ネプテューヌだけかと思ったけど、ネプギアたちもいるのね」

「えっと、今日は道場破り……じゃなくて、ルウィーのイベントに飛び入り参加したくてきたの」

「参加するのは別にかまわないけど、どうしたの？」

あ、どうしよう。普通に説明しちゃっても大丈夫かな。別に、悪いことするわけじゃないし。

「えっと、実はね……」

特に隠すようなこともないので、前のページを見せながら、事細かに説明した。念のため、三つ目の目的は隠してね。

「そういうことなら、こっちも望むところ。ただ、ネプテューヌたちの思うような勝負にはならないと思う」

「え？」

「見ればわかる。ついてきて」

あ、待ってよ。ほら、みんなもついてきて。

某有名ＲＰＧのように縦に並んでブランの後についていく。

すると。

「あ、ロムちゃんとラムちゃん！」

「二人とも。ネプテューヌたちも参加するそうよ」

ブランの呼びかけに、ラムちゃんとロムちゃんは楽しそうな笑みを浮かべながら、振り向いた。

たい。


「そうなの？　やったぁ」

ラムちゃんが全身を使って喜びをあらわにすれば、

「楽しくなりそう……（わくわく）」

ロムちゃんもまたうっすらと笑みを浮かべて、わたしたちの参加を歓迎してくれてるみたい。

「で、すごく今更な話なんだけど、ここって今、何のイベントをしてるの？」

わたしの問いにはラムちゃんとロムちゃんが答えてくれた。

「えっとね。お絵かきしてるの」

お、お絵かき？

これはまた予想外だよ。

あ、でも、この二人ならアリかも。

「このお絵かきソフトを……使うの」

ロムちゃんがポケットからゲーム機を取り出して見せてくれた。

「これって何を書いてもいいの？」

「うぅん、お題があるの！」

と、ラムちゃんが補足してくれる。

「それで、今回のお題は大好きな人！　わたしはロムちゃんにするの！」

「わたしはラムちゃん（わくわく）」

うーん、好きな人かぁ。

わたしはやっぱり……。

「お、お姉ちゃん」

ネプギアがちょこちょこと寄ってきて、声をかけてきた。

「わたし、お姉ちゃんのことが描《か》きたいんだけど、いいかな？」

「うん。いいよ。ていうか、わたしもネプギアのこと描こうと思ってたから、丁度良かったよ」

「ここからはロムとラムに代わって、私が進行をする」

人数分のゲーム機を持って来たブランが、参加者に配りながら宣言した。

「で、そっちの二人はどうする？」

あいちゃんとこんぱに参加の意思の有無を尋ねるブラン。

「あー、私はパスするわ」

「わたしも今回は見学させてもらうです」

と、あいちゃんとこんぱ。

「わかった。じゃあ、ロム、ラム組、ネプテューヌ、ネプギア組、他五組によるお絵かきコンテスト。制限時間は一時間。それでは、よーい……はじめ！」

ブランのスタートの合図を聞くと同時にソフトを起動。タッチ専用のペンを使って、画面の上に絵を描《か》いていく。

うぅ、意外と難しい。うまく線が引けないよー。

あ、変な風に曲がっちゃった。

書き直すのってどうすればいいの？

でも、道場破り、もとい、飛び入り参加の一本目から負けちゃうのは避けたいし。ここはひとつ、バシッと決めないと。

わたしは再び視線を画面に戻し、一気に筆を進めることにした。


対決を始めてから、一時間が経過。

そろそろかなと思っていたら。

「しゅーりょー」

脱力しちゃうような力の入ってない声でブランが終了を宣言。

「それでは、審査の前に、審査員の紹介を」

「まず一人目の審査員は、通りすがりの漫画家。何でも締切から逃走中らしい」

ぺこりと頭を下げるベレー帽をかぶった人のよさそうなおじさん。

「二人目は同じく通りすがりの芸術家」

芸術家さんは軽く会釈すると、その後は物珍しそうに辺りを見回しては、楽しそうに頷《うなず》いている。

「そして、最後の一人は通りすがりの美術商。以上、この三人で審査する。それでは早速審査をするから、参加者は全員隣の部屋で待機してて」

あ、三人とも通りすがりの人なんだ。

うん。余計なことかもしれないけど、通りすがりの割には職業がピンポイントすぎない？


——只今《ただいま》、審査中。


「ネプギアはどうだった？　自信ある？」

「うーん、どうだろ。一生懸命描いたんだけど……そういうお姉ちゃんは？」

「私は自信ありまくりだよ」

えへんと根拠もなく胸を張りながら、ネプギアの質問に答える。

「自信だけなら世界でも上位に行けると思うよ」

「どうせなら、腕の方でそれくらい胸を張れるようになりなさいよ」

「あ、あいちゃん」

「みんな真剣すぎて、ちょっとびっくりしちゃいましたです」

参加しなかったこんぱやあいちゃんも含めて、反省会という体の雑談開始。

途中、ロムちゃんと、ラムちゃんも仲間に加えて、ワイワイ楽しくやっていたら、重厚感あふれる扉が開かれて、進行役のブランと審査員一同がやってきた。

「あ、ブランが来た」

どうやら、結果が出たみたい。

さーて、わたしは何位かなぁ。

「それでは結果を発表するわ……」

順位が書いてあるらしい紙片を読み上げていくブラン。

「第三位……ロムとラム。技術とかはまだまだだけど、相手のことを思いやる気持ちが伝わってくるような柔らかいタッチが好評だった」

「えー、優勝できると思ったのに」

「三位でも……嬉《うれ》しい」

「続いて二位……ネプギア」

「あ、はい！」

名前を呼ばれて反射的に返事をしてしまうネプギア。

「あー、二位かぁ。惜しかったね」

「うぅん。でも、すごく嬉しい」

「で、評価だけど、まず相手の特徴がよくつかめている。普段から相手のことをよく観察していないとここまでつかむのは難しいだろう。またそれをうまく表現している画力も評価が高い、とのこと」

「え、わたし、そんなにネプギアに観察されちゃってるの？」

いや〜んと身体《からだ》をくねくね。

「お、お姉ちゃん!?」

「さて、最後、栄えある一位は……ネプテューヌ。え、本当に？」

読み間違いじゃないのか、何度も紙を確認するブラン。

って、ちょっと失礼じゃない？

「お姉ちゃん、すごい」

「ねぷねぷ、おめでとうです」

「まさか、ネプ子が一位になるなんて……どんな手品を使ったのよ」

「えへへ、ありがと」

「で、コメントだけど……斬新《ざんしん》な構図に、大胆な筆遣い。独特過ぎる個性の発露。すべてにおいて常識を破壊しつくしている。恐怖を覚えるほど斬新。一周まわってシュール。SUN値がやばい。おお、神よなどの評価が……評価？」

不思議そうに首をひねるブラン。

「ねぇ、アンタ、どんな絵を描いたのよ」

あいちゃんが不審そうに尋ねてきた。

「えー、普通に人物画を描いたんだけどなぁ」

◆　◆　◆

色々と物議を醸しつつも、ルウィーでのお絵かきコンテストで、高評価を得たわたしたちはラステイションブースへ移動していた。

「ねぷねぷ。そういえば、さっきの絵はどうしたです？」

「えっとね。審査員の美術商って人が欲しいって言ってたから、あげちゃったよ。ブランもわたしの絵を見ると夢に出てきそうだから、ソフトごと処分したいって言ってたし」

「夢に出てきそうな絵って……」

いや、あいちゃんってばそんなげんなりしなくても。

「でも、美術商さんが欲しがるってことはもしかしたら、すっごい価値がついたのかもしれないです」

「まさかぁ。いくらなんでも素人が描いた絵だよ。高く売れるはずなんてないって」

何か変なフラグを立てちゃったような気もするけど。

とりあえず気を取り直して、ラステイションのブースに到着！

それにしても、相変わらず人が多いなぁ。

「昨日みたいに、ステージとかやってるのかな？」

人の波をかき分けるようにして、奥へと進んでいく。

「みんなー、ちゃんとついてきてるー？」

「ねぷねぷ〰〰〰」

「あ、大変。こんぱがどうかしたの？

ねぷ？　こんぱがどうかしたの？

「人の波に流されちゃったわ。ちょっと連れ戻しに行ってくるから、アンタたちは先に行ってて」

「ここはアタシに任せて先に行けってやつだね。わかったよ、あいちゃん」

「変なフラグを立てるな！」

というわけで、いきなりこんぱとあいちゃんの二人と別れることになっちゃったけど、
わたしはネプギアと力を合わせて、さらに奥へと進むことにした。

とか書くと、何か探検ものっぽいよね。

そして、ようやくステージ前に到着。

あー、疲れた。

「あ、ノワールさんとユニちゃんが歌ってる！」

びっくりしたネプギアが言った通り、ノワールとユニちゃんの姉妹が、ユニットを組んで歌と踊りを披露していた。

姉妹だけあってか、どちらの息もぴったりでダイナミックなダンスがアップテンポな曲にとても合ってるなー。

「おおーっ。いいよいいよー、ノワールー！」

思わず歓声を上げげちゃったり。

とはいえ、いつまでもこうしているわけにはいかないので、次の作戦に移行しよっと。

一所懸命に歌っているユニちゃんの姿をぼーっと見つめているネプギアの肩を叩《たた》く。

「ネプギア、プランBで行こう」

「え、プランBって……本当に？」

プランBとは、一言でいうと乱入。

とはいえ、今すぐというわけではなく、アンコールも終わって、お客さんが帰ろうとする前にステージに乗り込んで、挑戦状を叩きつけるのだ。

「大丈夫かなぁ」

と、心配性なネプギア。

「大丈夫だって。マンガだとうまくいってたから」

「大丈夫なのかな……」

　とかなんとか打ち合わせている間に、ラストの曲、そしてアンコールの曲が終わろうとしていた。

「行くよ、ネプギア」

「あ、待って、お姉ちゃん」

　一気にステージに飛び乗ると、観客席が軽くざわめいた。

「ちょっと、あなた。今、本番中なのよ？」

　抗議の声を上げるノワールに向かって、びしっと指を突き付ける。

「それは百も承知だよ。でも、このタイミングじゃないとダメなんだよ。だって……」

　一旦《いったん》、言葉を切って、お客さんの視線を引きつけるための溜《た》めを行う。

　そして――

「挑戦状を叩きつけにきたんだから！」

　ババーン!!

「挑戦状ですって？」

「うん、やっぱりノワールとは直接決着をつけた方が盛り上がるかなと思って」

「へぇ、中々言うじゃない。いいわ。受けてあげる」

ノワールの宣言に、沸き立つお客さんたち。

「本当にいいの、お姉ちゃん？」

ユニちゃんがおずおずとノワールに尋ねる。

「大丈夫よ。だって、私たち姉妹が力を合わせて、あのふたりに負けると思う？」

「あ……うぅん。勝つわ、絶対！」

一瞬のためらいのあと、力強く頷《うなず》くユニちゃん。

「だったら、問題ないわよね」

ユニちゃんの返事にノワールは満足そうに笑みを浮かべると、再び、わたしたちに向き直った。

よーし、盛り上がってきたぞー!!

「さぁ、ネプテューヌとネプギア」

びしっとマイクを突き付けてくる。

「正々堂々と歌で勝負よ！」

「望むところだよ！」

ノワールからマイクを受け取り、お客さんに向き合う。

お客さんたちも、今回の騒動を演出の一環と思ってくれたらしく、いい感じに盛り上がってくれている。

だったら、あとは……。
想《おも》いを、心を込めて、思いっきり歌うだけだよね。
行くよ、みんなっ！

「わたしの歌を聴け――――!!」

――ぼえ～～～～～～～～～～～～♪

――ぎゃあああああっ!?
――衛生兵、衛生へーい！
――耳がー、耳が――っ。
一曲歌い終え、感情を込めて歌っていたために閉じていた目をゆっくりとあける。する
とそこにはわたしの歌に感動し、涙を流す人々が……。
「あ、あれ……いない？」
ていうか、本当に誰《だれ》もいないよ？
ステージ前には人っ子一人いなかった。
どこに消えちゃったの？

えーと……これはつまり……。

「ノックアウト勝ちってことでＯＫ？」

「い、いいわけ、ないでしょ……がく」

ステージ上に突っ伏しながらもつっこみを入れてくるノワール。言い切るのと同時に、その顔ががっくりと落ちた。

◆　◆　◆

ルウィー、ラステイションと立て続けに勝利（？）したわたしたちが向かったのは、ベールが待つリーンボックスのブースだ。

「それじゃまずはベールを探して……」

「あら、やっと来てくれたのですね」

「この声は……ベール!?」

しまった。もしかして、わたしたちの乱入を読まれてた？

「なかなか遊びにいらしてくださらないので、待ちくたびれてしまうところでしたわ」

そう言って微笑《ほほえ》むベールの姿は女神らしく堂々としている。……でも、どうしてリングコスチュームなのかな？

「もう少し早ければ私のＧＢＤを披露出来ましたのに」

「ＧＢＤ？」

「ジャイアント・ベール・デスロックの略ですわ」

「そんな技が出来るの？」

「ゲームの話ですけどね」

「でも、どうしてそんな恰好《かっこう》をしてるの？　もしかして、わたしたち対策……とか？」

「それはちょっと違いますわ。つい先ほどまでプロレスラーを呼んで、生で試合を披露していたからですわ。ラウンドガールというわけではありませんが、半ば強引にこの衣装を着せられてそれに近いことをさせられていましたわ」

「へー、あ、そうだ。そのプロレスはもう終わっちゃったの？」

「ええ、もうブースの裏の方で、片付けをしていますわ」

むう、一足遅かったみたい。

「じゃあ、リーンボックスのイベントは全部終わっちゃったの？」

「いえ、一番の目玉企画はこれからですわ」

「じゃあ、それに参加させてもらってもいい？」

「イベントが盛り上がるのなら、構いませんわ」

というわけで、リーンボックスで参加することになったイベントは——え？　コスプレ撮影会!?

「なんで、コスプレ？」

こういうのって、どっちかというとノワールじゃないの？

「あら、主催になれば、たくさんの女の子の着せ替えが楽しめますのよ」

「あ、ベール」

にこにこと満面の笑みを浮かべたベールが近づいてきた。

「ほら、みなさん。とっても可愛《かわい》いですわよね。コンパニオンのみなさんの衣装はみんなわたくしがセレクトしたのですわよ」

ちらりとブースを見回すと、たくさんのカメラマンに囲まれて、写真を撮られまくっているコンパニオンのお姉さんたち。

うーん、確かに可愛いし、盛り上がってるなぁ。ノワールが紛れ込んでてもおかしくないレベルだよ。

むむ、これじゃまたリーンボックスにシェアが集まっちゃう。

こうなったら……

「ネプギア。ちょっと来て……もとい、着て！」

「ええっ!?」

というわけで、ネプギアを控室に連れ込む。

「あらあら……♪」

妙に楽しげなベールの声が、ちょっと怖かった。


――少女、着替え中。


「お、お姉ちゃん、この服、スカート短すぎて恥ずかしいよぉ」

もじもじとスカートのすそをひっぱって、太ももを隠そうとするネプギア。

でも、そんなことすると、元々、丈の短めなその服は、上の方がもぎゅっと引っ張られて大変なことになっちゃうよ。

「大丈夫。ばっちり似合ってるから」

「お姉ちゃ～ん」

そんなネプギアの恰好《かっこう》は――一言でいうとメイドさん。

二言でいうと、可愛いメイドさん。

しかも、超ミニスカ。ギリギリ中のギリギリ。まさに『ギリギリスカートの子守歌』って感じだよ。

「何か、お姉ちゃんが変なこと考えてる気がする」

え？　そんなことないよ？

それよりも早く撮影スペースに行こ。

「お姉ちゃ～ん……」


そんなこんなで撮影スペースまで来たわけなんだけど、さすがわたしの妹！

好評すぎて怖いくらいだったよ。

「あの、写真一枚いくらいいですか？」

「え？　あ、はい」

「こっちもお願いします」

「僕も！」

気がつけばネプギアの周りに、どこから来たんだろってくらいたくさんのカメラマンが集まっていた。

他《ほか》のコンパニオンさんの周りからはカメラマンが減ってるし。

うん、さすがネプギア。可愛《かわい》いは正義だね♪

「ねぷねぷ～」

ん？　この声はこんぱ？

「どこに行ってたの？　ラステイションのブースではぐれてから、中々戻ってこないから、迷子にでもなっているのかと……ねぷっ!?」

声の方に振り返ってみてびっくり。

そこにいたのは確かにこんぱだったんだけど、着ているものが違ってた。

一見、ごく普通の巫女《みこ》服なんだけど、胸元がね。何というか、こう。けしからんと叫びたくなるくらい開いててね。わたしが選んだ超ミニスカメイドさんが大人しくみえるくらいだよ。

「どうしたの？　その恰好《かっこう》」

「ラステイションのブースではぐれた後、気がついたら、ここにいたんです。それでベールさんに助けてもらったんですけど……」

ごにょごにょと言葉を濁すこんぱ。

「とりあえずさ、あとでブースに戻るとき、一緒に行こう?」

「わ～ん、ねぷねぷ～」

安心のあまりか号泣しながら、抱きついてくるこんぱ。

ぽふっと、わたしの顔が柔らかい谷間にスッポリ埋まってしまった。

って、ちょっと待って。

こんぱの質量兵器で抱き締められたりしたら、顔が埋まっちゃって、息が……あ、やばい……きゅう。

◆　◆　◆

「はっ!?」

「どうかしたの、お姉ちゃん」

「ユニ、私何か大事な出番に出遅れたような気がする」

「それってアレじゃない？　ベールさんのところの……」

「あ、コスプレ大会！　も、もうこの時間じゃ間に合わないわよね」

「うん」

「あー、もう！　それもこれも、全部ネプテューヌの歌の後始末で時間を取られたせいよ!!　楽しみにしてたのにっ。覚えてなさいよ!!」

◆　◆　◆

さーて、全部のブースは回ってきたし、あれだけ活躍すれば十分だよねー。

もう閉会の一時間前だし。

あ、お客さんが帰り始めてる。

「そろそろ戻ろっか」

あれ、こんぱ、いつの間に着替えてたの？

「そうですねぇ」

「ネプギアも戻るよ～」

カメラ小僧に囲まれているネプギアに声をかける。

「あ、ちょっと待って。まだ着替えてなくて」

「じゃあ、その辺で待ってるから早くしてね」

「はーい」

ごめんなさい、とカメラ小僧に謝りながら、足早に控室に向かうネプギア。

「そういえばＳＢはどうなってるかなぁ」

あれだけ、あちこちで活躍していれば、それなりにシェアは溜《た》まっているはず。

他《ほか》みたいに、たくさんたまってるといいんだけど。

「大丈夫ですよ。あれだけ、ねぷねぷたちが頑張ったんです。きっとシェアはいっぱいになっているですよ」

「じゃあ、ブースに戻ったら真っ先に確認しないとね」

「はいです」

なんてことを話していると、

「お、お待たせしました！」

超特急で着替えてきたネプギアが戻ってきた。

「それじゃあ、ブースまで競争ね。よーい、どん！」

自分でスタートを号令して、真っ先に駆けだす！

戸惑うネプギアとこんぱを残して、ロケットダッシュ!!

「え？　え？」

「あ、ねぷねぷったらずるいです～」

はっはっは、勝負とは非情なものなのだよ、こんぱくん。


結局、わたしがぶっちぎりの一着でゴール。

わくわくする気持ちをそのままに、ＳＢを見に行く。

「さ～て、どれだけ溜まって……ねぷ？」

あれ？　目がおかしいのかな。

何か残量計の針がマイナスになっているような……。

ごしごし。

うん、目をこすってみたけど変わってないね。

ということは目の錯覚じゃないと……。

そっかぁ、マイナスかぁ。

「って、マイナスッ!?」

第五話

女神たちが切り開く
新しいゲイムギョウ界の可能性

「どうして、マイナスになってるの!?」


信じられない!

だって、あれだけ苦労してシェアを集めたっていうのに、シェアエナジーの残量が増えるどころか、マイナスになってるなんて。

ていうか、マイナスって何?

わたし、変身どころか動けなくなっちゃうの? やだよー!!

「ねぷねぷ、少し落ち着くです。もしかしたら、SBに何か問題が起こっているのかもしれないです」

シェアブースターに?

「ということは故障してるってことかな」

「詳しくは調べてみないとわからないですけど、その可能性はゼロじゃないです」

「でも、調べるにしても誰《だれ》が調べられるの? わたしもわからないよ」

わたしの問いに、こんぱは下唇に指を当てて、考えるそぶりを見せた。

「んー、いっそのこと、いーすんさんに聞いてみたらどうです?」

「あ、そっか。いーすんがいたね」

「お姉ちゃん、だったら私が呼んでくるよ」

心配そうに控えていたネプギアが手を挙げる。

「お願いしていい？」

「うん、任せて」

ネプギアはにこっと微笑《ほほえ》むと、軽快な足取りで人の流れをうまく避けながら、いーすんを呼びに行った。

ううぅ、すまないねぇ。

「じゃあ、ネプギアが戻ってくるまでの間、なにしてればいいかな」

あー、どうしよう。落ち着かないよぉ。

「さっきから動きっぱなしですし、少し休んで体力を回復しておくべきです」

「そっか。そうしておけば、なにかあったとしても、すぐに動けるものね」

もうお客さんも来るような時間じゃないし。

この辺に座ってても大丈夫かな。

誰か来ても邪魔にならないよう、ブースの端っこにつんであった段ボールの上に腰を下ろす。

「はぁ……」

座り込んだ途端、疲れがどっと出てきたよ。

「ねぷねぷ、お茶とお菓子持ってきたです」

「あ、ありがとう、こんぱ」

「お菓子は試食用に開けておいた、すらまんのあんことクリーム、それに赤があるです」

「じゃあ、せっかくだから、赤を選ぶよ」

そういえば、すらまんの赤って何味だったっけ？

そんなことを考えながら、すらまんにかぶりつく。

もぐもぐ……。

「……すっぱ。何これっ!?」

「梅干し味ですよ。知らなかったです？」

「うぅ、ちゃんと確認すればよかったよ……肉まんかなにかだと思ってたのに」

「でも、梅干しに含まれるクエン酸は疲労回復の効果がありますし、今のねぷねぷにはぴったりです」

そう言いながら、お茶を淹《い》れてくれるこんぱ。

「ずずず……」

お茶を飲んでようやく口の中の酸っぱさが取れた。

「あの～、ちょっといいっちゅか？」

「ねぷ？　あ、マジマジ運送の人だ」

声をかけてきたのは、昨日も顔を合わせたマジマジ運送のマジェコンヌとワレチューだった。何か今日も忙しそうな感じ。

「何かあったの？」

「いや、大した用事じゃないっちゅ。荷物の集荷をして回ってるちゅけど、お嬢ちゃんが座ってる箱も持っていかないといけないっちゅ」

「そんなわけだから、どいてくれないか？」

「え、そうだったの？　ごめんなさい。イス代わりにしちゃった」

「ああ、そんなことは気にしなくていい。では、こいつは持っていく」

「うん、いいよ」

「それじゃひきとらせてもらうっちゅ」

そう言うと、配送業者の二人は段ボール箱をゆっくりと慎重に担ぎ上げて、プラネテューヌブースから出て行こうとした。

「お疲れさまー」

ぶんぶんと去っていく二人に向かってを振る。

——そして、配送業者の二人を見送ってから数分後、大声が辺りに響いた。


「いたあーっ!!」

「ねぷっ!?」

　危ない。びっくりしてお茶をこぼしそうになっちゃったよ。

「あ、あいちゃん」

「コンパったら、いつの間に戻ってたのよ。ラステイションのブースではぐれてから、ずーっとコンパを探してあちこち回ってたっていうのに」

「まぁまぁ、落ち着きなよ。あ、お茶飲む?」

「あ、ありがと」

　私の隣に腰を下ろしてお茶を飲むあいちゃん。

「で、なんでまたこんなところでお茶してるのよ」

「SBの様子がおかしくなっちゃってねー。今、ネプギアがいーすんを呼びに行ってるところ。で、戻ってきたらすぐ合流できるようにと思って、ここで待ってるんだ」

　それにしてもネプギア遅いな。そろそろ戻ってこないかな。

　なんてことを考えていると。

「お姉ちゃーん」

　あ、ネプギアだ。いーすんもちゃんといるよ!

「お姉ちゃん、いーすんさんを呼んできたよ」

「おつかれさま、ネプギア」

　よしよしとネプギアの頭を撫《な》でてあげながら、いーすんに尋ねる。

「それで、いーすん。話は聞いてる？」

「はい、簡単にですが、ここに来る途中、ネプギアさんから聞きました。ただ、話だけではわからないこともあるので、早速調べてみたいと思います」

「お願いね、いーすん」

「はい、任せてください」

　ぽんと小さな胸を叩《たた》くと、いーすんはシェアブースターが設置されている高さまでふよふよ飛んでいった。

「確かにマイナスになってますね」

　こんこんと何かを確かめるようにノックをする。

　反応がないのを見て、さらにもう一度。

「うーん……」

　今度はシェアブースターに耳を当てて、音を聞いている……って、そんなやり方で何かわかるの!?

　そうこうしているうちに、いーすんが戻ってきた。

「ね、いーすん。結果は!?」

「残念ですが、あれはシェアブースターではありません。外側だけを似せた真っ赤な偽物です」

「「「ええっ!?」」」

「に、偽物ってどういうこと!?」

「誰《だれ》がやったのかはわかりませんが、よく似た別のものとすり替えられたようです」

「だから、シェアエナジーの残量計がおかしかったのかな?」

「そうとしか考えられませんね。そもそも、シェアがマイナスになることはあり得ませんから」

うーん、まさかすり替えられていただなんて……。

でも、そうなると。

「本物はどこに行っちゃったの!?」

「……わかりません。まだこの会場の中にあるのか、それとも外に運び出されてしまったのか」

沈痛な表情を浮かべるいーすん。

辺りに暗い空気が漂うような気がした。

「ここで落ち込んでいても何にもならないし。わたしは会場の中を探してみるよ」

どこにあるかはわからないけど、一刻も早く探し出さないと!!

「お姉ちゃん、待って。私も行くよ」

◆　◆　◆

「あいちゃん。わたしたちも行くです」

「そうね。急いで追いかけるわよ」

「ちょっと待ってください」

「な、何ですか、いーすんさん」

「お二人には探しに行く前に、ひとつお願いしたいことがあるんです」

「わたしたちにですか?」

「はい。今のネプテューヌさんたちだけでは、不慮の事態に対応できない場合があります。できる限りの手を打っておきたいと思いまして」

◆　◆　◆

「どこっ、どこっ、どこっ。SBはどこ——!?」

走る、走る、走る、走るっっっ!!

SBを探して、会場内を所狭しと走り回る!

「お、お姉ちゃん、ちょっと待って……」

後方からネプギアの苦しそうな声が聞こえてきた。

っとと、ちょっと急ぎすぎちゃったかな。

「ごめん。ちょっと飛ばしすぎちゃったかな」

「はぁ……はぁ……はぁ……」

息も絶え絶えなネプギアの背中をさすると、乱れていた呼吸がゆっくりとだが、落ち着きを見せ始めた。

「ごめんなさい。私こそ足手まといになっちゃって」

「うぅん。そんなことないよ。それよりもあんまり無理はしないようにね」

ゆっくり背中を撫《な》でながら、できる限り優しく言い聞かせる。

こうでもしないとネプギアは無理しちゃうからね。

「あれ?」

「どうしたの、ネプギア」

「えっと、向こうの方に人だかりが。何かあったのかな、と思って」

「人だかりか……もしかしたら何か見た人がいるかも。うん、ちょっと行ってみようか」

「アククク。やっぱり幼女のさわり心地、舐《な》め心地は最高だなぁ。お、向こうにもはっけーん。ぺろぺろぺ～ろぺろ、ぺ～ろぺろ♪」

「トリック様、せっかく脱出できたんだし、早く逃げた方がいいんじゃないっすか？」

「あん？　幼女が手の届く範囲にいるっていうのに、手を出さないでどうするんだ」

「でも、やっぱり逃げた方がいいと思うんっすよ」

「待てーっ。悪いことをするのはそこまでだよ！」

「うわ、やっぱり出た」

「アククク。出たな、女神。今度はこの前のようにはいかねえからな」

長い舌をぶんぶん振り回しながら威嚇してくるトリック。

うぅ、気持ち悪い。

「お姉ちゃん、どうするの？」

「もちろん、変身して倒すよ……ってSBないんだった！　変身できない!?」

「あ、でもまだ会場のどこかにあれば変身できるかも。残量とかはわからないけど……」

「ナイスだよネプギア！　ようし！」

背景が変わって変身シーンが……始まらない？

もしかしてシェアエナジーが足りない!?　それとも、そもそもSBが会場にないとか!?

「あわわわわ」

どうしよう、どっちにしても、今の状況ってかな～りやばいよ。「アククク。これでも喰《く》らえー!!」

ぶんぶんと振り回されて勢いを増した舌が、わたしたちを狙《ねら》って飛んできた。

「ひゃっ!?」

「きゃあっ!!」

咄嗟《とっさ》に身をかがめて、飛んできた舌を左右に分かれて避けるわたしとネプギア。

しかし――

ズドンッ!!

わたしたちが避けた結果、トリックの舌はまっすぐ進み、硬い壁を打ち砕いた。

砕かれた壁の破片がわたしたちに降りかかる。

こいつってば、ちゃんと戦えば意外と強い!?

うう、やっぱり変身できないときついかも。

「いいぞー、トリック様ー、やっちゃえー!!」

「これでトドメだ！」

ぶおん！

長い舌が鋭く伸ばされ、地面すれすれを薙《な》ぎ払うように振るわれた。

「お姉ちゃん、危ないっ!!」

ダメ。避けられないっ。

わたしはぎゅっと目を閉じて、襲いくるダメージに備えようとした。

でも……いつまでたってもトリックからの攻撃は来なかった。

「変身できないからって、あんなのにいいようにやられてるんじゃないわよ」

この声は……ノワール!?

慌てて目を開くと、そこにはトリックの頭を踏みつけ、のど元に剣を突きつけているノワールの姿があった。

「どうして、ノワールがここに?」

「アイエフから……まぁ、正しくはイストワールからなんだけど、連絡が来たのよ。プラネテューヌのSBが盗まれたから、奪還に協力してくれって」

いーすんってばそんなことしてくれてたんだ。

「ありがとう、ノワール」

「礼なら無事に取り戻せてからでいいわ。それに動いているのは私だけじゃないし」

と言いつつも、ノワールの頬《ほお》はちょっと赤くなっていた。

照れてるのかな?

「俺様を……」

ん？　何か言った？

「俺様を踏みつけていいのは……」

一気に身体《からだ》を起こして、その反動でノワールを弾《はじ》き飛ばしたトリック。

うわ、すごい力。

「幼女だけだぁぁぁぁあっ!!」

でも、へんたいだ————っっ!?

宙に飛ばされたノワールもさるもので、くるりと回転して体勢を整える。

「このっ!?」

そして着地するなり、一足飛びに前に出て、トリックに切りかかった。

地を這《は》うような低い一撃に、トリックはバランスを崩し膝《ひざ》をつく。

すごいや、ノワール。

「ぐうっ!!」

「今よっ」

え？　今って……もしかして、わたしに言ってるの？

そんな準備してないんだけどっ!?　やばい、どうしよう。

なんてふうにわたわたしてたら、横合いから白い影がビュンと飛び出した。

「えぇぇぇぇいっ！」

気合の篭《こも》った雄叫《おたけ》びとともに、ネプギアが渾身《こんしん》の力を込めて、ビームソードをまっすぐに振り下ろす。

その一撃は膝をついたために、狙《ねら》いやすくなっていたトリックの脳天を直撃！

「ぐあああああああああっ!!」

強烈な一撃を食らい、倒れ伏すトリックと、その陰に隠れていて、巻き添えを食らった下っ端。

「やったの……かな？」

遠目に見てみるけど、時々、ぴくぴく動くくらいだし……。

「はぁ……はぁ……」

どこか呆然《ぼうぜん》とした表情のまま、肩で息をするネプギア。

可愛《かわい》い妹の大金星に、わたしのテンションはあがりまくり!!

「すごいよっ、ネプギア」

感動した勢いのまま、ネプギアに飛びつく。

「お、お姉ちゃん!?」

「今の攻撃、恰好良《かっこう》かったよ」

「え、そ、そうかな？」

顔を真っ赤にしながらも、嬉《うれ》しそうに頬《ほお》を緩めるネプギア。

うん。ネプギア、可愛《かわい》いよ、ネプギア！

「ほら、いつまでも姉妹でいちゃいちゃしてないで、早くSBを探しに行くわよ」

「あ、そうだね」

「でも、この人たちはどうしたらいいのかな？」

ネプギアが気にしているのは、いまだ目を回したままのトリックたち。

「ぺろぺろ～」

「ひどいっす……」

放置しておいて、何か問題でも起こされたら困るし……。

「じゃあ、警備員が来るまで、私が見ておくわ。こいつらがまた暴れたら、変身できる私の方が対処しやすいし」

「なるほど。じゃあ、ノワール、君に任せた！」

「すみません、お願いします」

◆　◆　◆

というわけで、再びネプギアとの二人パーティで探索再開。

「よく考えたら、犯人の目星も何もないんだよねぇ」

犯人につながりそうな証拠とかも見当たらなかったし。

もしかして、これって無理ゲー？

「うーん、見つからないなぁ」

きょろきょろしながら、歩いていたのがいけなかったのか。


――ドンッ。


「ひゃっ」

不注意から誰《だれ》かにぶつかって思いっきりお尻《しり》をぶつけちゃった。

うぅ、お尻が痛い……。

「あいたたた……」

声につられて隣を見れば、何度かあったことのある配送の人――マジェコンヌが、わたしと同じような姿勢で地面にしりもちをついていた。

あちゃー、もしかして転んだ時に巻き込んじゃった？

「こら、どこ見て歩いてんだい。危ないじゃないか!!」

「まったく。気を付けて歩くっちゅよ」

「ごめんなさーい」

ぺこぺこと頭を下げて謝る。

「あ、荷物拾いますね」

と、ネプギア。

転んだ時にぶちまけちゃったらしく、段ボール箱のふたが開いて、中身が半分飛びだしていた。

「い、いや、そんなことしなくてもいいっちゅ」

何故《なぜ》か、焦った様子のワレチューが落っこちた段ボール箱を手早く回収しようとしたんだけど。

それよりも早くネプギアの手が荷物をつかんだ。

「これって……」

申し訳なさそうだったネプギアの顔つきがきゅっと引き締まる。

「どうしたの、ネプギア」

「お姉ちゃん、これ見て」

「ねぷ？」

段ボール箱の中にはどこかで見たような小型の機械が入っていた。

「あれー？　どこか見覚えがあるね、これ」

「見覚えもなにも、これ、すり替えられたＳＢだよ。なんか変な装置がくっついてるけど

「……」

「へぇ、そうなんだ」

「ん？　ということは……。この二人がプラネテューヌのSBを盗んだ犯人ってこと？　だったら、絶対、捕まえないと!!」

「やば、ばれたっちゅ。逃げないとっ」

「その前に、それをよこせ、小娘！」

「きゃっ」

マジェコンヌが、ネプギアが持っていた段ボールを奪い取った。

「よし、逃げるよっ」

「遅いっちゅよ、オバハン」

バタバタバタバタバタッ。

砂煙が立ちそうな勢いで逃げていく二人。

「……はっ。早く追いかけないと」

しまった。急な展開につい出遅れちゃった。

「待て――――っ」

慌てて、泥棒コンビの後を追う。

「待てと言われて、待つバカはいないよ――――」

うぅ、正論だけどむかつく!!

一生懸命走るものの、スタートが遅れたせいか、距離が全然縮まらなかった。

「こんな時こそ、変身ができれば、あんなやつらけちょんけちょんなのに」

陸上選手もかくや――気持ちだけは――の勢いで、激走するものの、うん、ダメダメだ。

絶対追いつけないよ。断言してもいい。

「どうしよう。このままじゃ逃げられちゃう!?」

「まったく。だらしねぇなあ！」

「ねぷ?」

今の声は――ブラン?

一陣の白い風が私をかすめるように、ビュンと飛んでいく。

「今のって……」

「あいつらね、犯人は」

「わたくしたちもいますわ！」

続けて、黒い風と翠《みどり》の風が後を追う。

「みんなっ」

白、黒、緑の風が三方に分かれて、逃げる二人を押し包むように追い込んでいく。そして――

「さぁ、観念なさい」

真正面から、槍《やり》の先端を突き付け、降伏勧告を行うベール改めグリーンハート。

「もう逃げられないぜ」

左側面には巨大な斧《おの》を構えたブラン改めホワイトハート。

「まったく。よくも手こずらせてくれたわね！」

右側面には大剣を構えたノワール改めブラックハートと、よほどのことがない限り抵抗は難しいんじゃないかと思う。

「こいつはちょいとまずいな」

「大丈夫っちゅよ、そろそろアレが到着するころっちゅ」

「アレってなによ」

犯人たちの会話を聞きとがめたブラックハートが大剣の切っ先で突っつきながら、問いただそうとした。

あ、ちょっと刺さった。

「アレはアレに決まって……って、いたっ。そんなに突いたら痛いっちゅよっ!!」

「痛いのが嫌なら素直に白状しなさい」

さらに大剣の切っ先で頬《ほお》をピターンピターン。

「何か、ちょっとだけ可愛想《かわいそう》に思えてきちゃった」

「こら、ネプテューヌ！　あなたのために動いてやってるのよ！　余計な茶々入れないの！」

「はーい」

などと緊迫しているようでしていない空気の中、気の抜けた会話をしていると、どこからか地響きのような音が聞こえてきた。


――ズシーン！

「え、何？　この音」

――ズシーン！　ズシーン！


「なんかどんどん大きくなってない？」

音が大きくなるにつれて、地面も揺れてる感じがしてきた。

ていうか、気のせいじゃない。かなり揺れてきたよっ。

「もしかして、地震？」

「みなさん、危ないから何かにつかまって！」

グリーンハートの忠告に従って、近くにあった突起をぐわしっとつかんだ。

むにむに。うん、ナイスな揉《も》み心地だね。

「……ネプテューヌ」

「どうしたの？」

「何故《なぜ》、わたくしの胸をつかむんですの？」

「え。だって、ベールが何かにつかまれって……」

「どこの世界に、地震の時に胸につかまらせる人がいますの！」

「ねぷっ!?」

あう、怒られちゃった……。

「今っちゅ！」

「おいっ、私を置いていく気かっ！」

わたしが作ってしまった一瞬……いや、数瞬の隙《すき》をついて逃走を図った、マジェコンヌとワレチュー。

むぅ、敵ながらあっぱれ。

って、そんなこと考えてる場合じゃない!!　やばいって！

「しまったっ」

「待ちなさーい」

慌てて追いかけたものの——二人はあっという間に会場の外に飛び出してしまった。

◆　◆　◆

「ふぇ～、なんだろ、あれ」

「何か……に、似てないか?」

びっくりするくらいおっきなロボットを見上げながら、ホワイトハートがいぶかしげに首をひねる。

でも、言われてみればそうかも。

胴体の部分とかピラミッドみたいな建物をさかさまにして、四つくっつけたみたいな形状だし。手には付近に飾ってあるノコギリのオブジェみたいなのを持ってるし。

やっぱり、あれって……ビッグ☆サイトウじゃないの?　どうしてロボットになってるのかは知らないけど。

『ふっふっふ』

「あれ?　今の声は……」

と、ロボットを見上げるネプギア。

「マジェコンヌだよね?」

BIG
SAITO

『覚悟しな。小娘ども。このビッグ☆サイトウロボが来たからには、お前たちの敗北は決まったも同然。負けを認めるなら今の内だよ』

胴体の壁面につけられたらしい複数のスピーカーから降伏勧告が流れてきた。

ていうか、あれってビッグ☆サイトウロボって名前なんだ。

形を考えると納得できるけど……まさか本物を改造したとかじゃないよね？

「あの巨大なロボットは私たちで相手をするべきですね」

シャキンと槍《やり》を構えながら前に出るグリーンハート。

おお、やる気だ。

「思いっきりぶっ叩《たた》いてもよさそうなものは久しぶりだな。ここはひとつ、遠慮なく全力でやってやるぜ」

うーん、ホワイトハートもめっちゃやる気みたい。

ブラックハートの方はどうかなーと思ったら、いつの間にやら追いついていた、ユニちゃんたちにお客さんの避難指示を出していた。

「ユニたちは一般の人たちの避難誘導を」

「わかった」

「任せて」

「ネプギアもさっきの戦いで力を使ったから誘導に回るように」

「誘導ね、うん、わかった」

「ネプテューヌ、あんたは……どうするの？」

うーん、女神化できないから正面から戦うのは無理だよねぇ。

となると、基本は陽動かな。

あと、できそうなことは……あ、もうひとつあった。

アイテムの使用だ。地味だけど回復とかって大事なんだよね。

って、しまったー。

今、わたし、アイテム全然もってない!?

何かポケットに入ってるものは……あ、すらまんみっけ。

って、ダメだよ。全然役に立てないよ。

◆　◆　◆

真っ先にホワイトハートが飛び出した！

「くらええええええっ!!」

全速力で接近したホワイトハートは、巨大な斧《おの》を思いっきり振りかぶり、ビル並みの太さを持つ足の一本に叩きつける！

いいぞー、ブランー……って、うそ!?

普通なら建物のひとつやふたつは破壊できそうな一撃だったのに、ロボはキズひとつついていないよ!?

「ちっ、思った以上に硬えな」

「今度は私の番よ！」

次に仕掛けたのはブラックハート。

ブンブン振り回されるノコギリのようなものをかいくぐり、腕の付け根めがけて、強烈な斬撃《ざんげき》を解き放った。

だけど――

「くっ、これでもダメ？」

ロボはダメージを受けてないらしく、ノコギリのようなものを先ほど以上に、激しく振り回し始めた。

「これじゃ、接近戦は厳しいわ！」

悔しげに敵を睨《にら》みつけるブラックハートの元に、グリーンハートが近づいた。

「あのロボ、やはり何かおかしいですわね」

「あなたもそう思う？」

「ええ。いくら頑丈でも、お二人の攻撃を受けて、キズひとつつかないのは不自然です。

何か特殊な防御手段を持っていると仮定した方が納得できますわ」

「でも、仮にそうだとしても……っと、危ないっ」

咄嗟《とっさ》に後方に下がる二人の女神。

その直後、彼女たちがいた場所に、ノコギリのようなものが振り下ろされた。

「私たちの攻撃が通じないことに変わりはないし」

と、ブラックハート。

「長期戦に持って行って、闘いながら弱点を探るという手も考えられますが、シェアエナジーの残量を考えると、そうも言ってられませんわね」

「そうなると、今、わたしたちが取れる手は……」

「こちらの消耗を最小限に抑えつつ、攻撃が通用する手段を探すことくらいですね」

あまりにも不利な状況に、グリーンハートの頰《ほお》に一筋の汗が流れ落ちた。

◆　◆　◆

「みんな、がんばって！」

ＳＢからのシェアエナジーの追加供給がないため変身できないでいるわたしは、ノワールたちが戦うのを、ただ応援することしかできなかった。

でも、はたから見てもみんなが押されているのははっきりわかるし。

あー、もう。どうすればいいの。

「お姉ちゃんっ、そっちはどう？」

お客さんの避難誘導に当たっていたネプギアたちが息を切らせて走ってきた。

「けっこうまずいかも。なんでかわからないけど攻撃が効かないみたいなの」

「そんな……」

ネプギアの顔色が蒼《あお》くなった。

「お姉ちゃん、大丈夫かな……？」

今にも泣きそうなロムちゃん。

「き、きっと大丈夫だよ。だから応援しよ」

ラムちゃんも元気づけようと気丈なことをいっているけど、今にも泣きだしちゃいそうだし。うー、どうしよう。

「ところで、お客さんの誘導は終わったの？」

「うん。残ってるのは私たちだけみたい」

戦闘に気を取られつつも、ユニちゃんが答えてくれた。

「そっか。だったら、これで大技も使えるけど……」

通用するかわからない上に、エネルギーの消費が激しいから、簡単に使うわけにはいかないよね。

「何かいい方法はないのかな」

「「「「うーん……」」」」

「あれ？」

「どうかした、ロムちゃん？」

「ロボットの足、ドアがついてる……」

「え？　どこどこ」

「あそこ」

あ、本当だ。足の横にドアがついてる。

でも、なんで？

「あっ」

今度は、ユニちゃんが声を上げた。

「前にお姉ちゃんとビッグ☆サイトウに行ったことがあるんだけど、その時、今、足になってるビルに非常用の出入り口があったのよ」

「でも、そうなると、あのロボットって、本物のビッグ☆サイトウってことになっちゃうけど……」

どこか腑《ふ》に落ちない様子のネプギア。

でも、これはチャンスかもしれない。

「あのロボが本物かどうかは置いといて。でも、足の部分に非常ドアがあるのは間違いないよね。だったら、あそこから中に入れれば……」

「「ロボットを壊せるかも」」

ラムちゃんとロムちゃんの声がそろった。と、同時に皆の顔に明るさが戻ってくる。

「じゃあ、その方向で攻めるとして……中に侵入するグループと、ここに残って、ノワールたちに作戦を説明するグループに分かれよう」

「どうグループ分けするの？　お姉ちゃん」

「えーと、じゃあ、ロムちゃんとラムちゃんはここに残って、みんなに作戦を知らせてあげて。その時に、ロボの足止めもお願いしてくれると助かるかな」

「わかった！」

「うん、がんばる……」

「で、ノワールたちがうまくロボの足を止めてくれたら、わたしたちで中に乗り込むよ」

「任せて」

「一生懸命がんばるね」

「それじゃ、作戦開始だよ！　みんな、がんばろー」

「「「「おー!!」」」」

◆　◆　◆

「ハーハッハッハ！　圧倒的じゃないか、このロボは」

　ノワールたちがうまくロボの足止めをしてくれたおかげで、わたしたちは思ったよりもすんなりとビッグ☆サイトウロボの内部に侵入できた。

　そして、敵に見つからないよう慎重に上階へ向かった結果、コックピットらしき場所にたどり着き――上機嫌なマジェコンヌの口から、さっきのセリフを聞かされていた。スピーカー越しではなく、間近で聞かされただけにいらっとくる度合いは半端ない。

（どうします。このまま攻撃しちゃいます？）

　敵に聞こえないよう、耳元でささやいてくるユニちゃん。

（今なら油断してるから、いけると思うんだけど……）

（私は、敵の強さがわからないから、できれば確実を期するために、お姉ちゃんのSBを取り戻す方に集中した方がいいと思うんだけど。そうすれば、お姉ちゃんも変身できるようになるし）

　と、ネプギアも小声で提案してくる。

うーん、どっちも魅力的な提案なんだよね。

「女神たちもまさか、このシェアエナジーがビッグ☆サイトウロボのバリアに使われているとは夢にも思ってないちゅよ」

ぽんぽんと操縦席の横にある箱型の装置を叩《たた》きながら、軽口を叩くワレチュー。

えー、シェアエナジーをバリアに使っちゃってるの？　そんなことしたら、どんどんエナジーが減っちゃうよう。

これは何としても先に取り返さないと！

（今の聞いた？）と目で尋ねると、二人ともこくんと首を縦に振った。

というわけで軽い作戦会議のあと、わたしたちはいっせいに操縦室に飛び込んだ。

「な、敵っちゅか!?」

慌てふためくワレチューに切りかかる！

「たぁぁぁぁぁぁぁぁぁぁあっ！」

と、見せかけておいて、本命はこっち！

「ちゅ？」

盗まれた上に、悪用されていたＳＢに飛びついて、怪しげな装置から切り離す。

「あ――――っ、何をするっちゅか」

「よし、ＳＢ、ゲットだぜ！」

そして、ＳＢを通じて流れてこんでくるシェアエナジーと、一時的に溜《た》まっている分とを体感し、瞬時に女神パープルハートに変身！

「げぇ、やばいっちゅ!?」

「降伏するなら、それでよし。でも、刃向うなら……」

剣を抜き、眼前につきつける。

「……覚悟はいい？」

と、見えを切った直後。

爆発音と激しい振動がロボを襲った。

「あれ？」

何、今の……？

「やばいっちゅ。外の女神たち、攻撃が効くようになったからってめちゃくちゃ攻めてきてるっちゅ」

——ドガン！

——ズガン！

——ズドドン!!

あちこちから聞こえる爆発音。

なんか、すごくまずそうな雰囲気なんだけど。

ていうか、わたしたちが中にいること忘れてる……わね。

「ど、どうするの、お姉ちゃん」

「さすがに味方の攻撃でやられるのはちょっと……」

ネプギアもユニちゃんもかすかに声が震えていた。

「……目的は達成したから、一旦《いったん》脱出！」

「「了解！」」

もー、ノワールに、ベールに、ブラン。三人とも覚えてなさいよ!!

◆　◆　◆

ホワイトハートの——

「ハッ！　地獄に落ちやがれ、カスがッ！　食らえ！　ゲッターラヴィーネ！」

グリーンハートの——

「疾風の刃よ、悪《あ》しきものを切り刻みなさい！　ディンブラストームッ！」

そして、ブラックハートの——

「生きて帰れるとは思わないことね！　ボルケーノダイブ！」

強烈な必殺技が、バリアを失ったビッグ☆サイトウロボを穿《うが》ち、貫き、破壊しつくす！

味方であればこれほどまでに頼もしい存在はいないんだけど……。

「ちょっと待ちなさい!!」

わたしの姿に気づいたのか、三人とも攻撃を止《や》めてくれた。

「あれ？　ネプテューヌじゃねぇか」

「無事にSBを取り戻せたのですね」

「それより、あいつに攻撃が効くようになった。今がチャンスだ」

「まだ私たちが中にいたのに何を考えているの。危うく巻き添えを食らうところだったわ」

「「「……あ」」」

何その表情。やはり忘れてたとか？

微妙な空気が流れる中、敵の声がスピーカーから流れてきた。

『は、反撃だ、反撃！』

『解っちゅ……あれ？』

『どうしたんだ!?』

『どうやらさっきの攻撃で腕のフレームが曲がっちゃったみたいっちゅ』

焦りに満ちた声がスピーカーから聞こえてくる。

いのに。

……自分からピンチを口にするだなんて。せめて外部スピーカーをオフにしておけばいっと、そんなことを考えている場合じゃない。

「今よ、ネプテューヌ！」

強烈な一撃をぶちかまし、心なしかすっきりした様子のブラックハートの声が飛ぶ。

仲間たちが作ってくれたこのチャンス……というにはひっかかるものがないわけではないけど。逃すわけにはいかない！

私は武器を構え直すと、一気に宙に躍り出た。

「これが私の必殺技。全力で行くわ！」

全身全霊の力を込めて。

身動きの取れなくなったビッグ☆サイトウロボに向かって、トドメの一撃を繰り出す。

「はぁぁぁぁぁぁぁぁぁぁぁあっ!!」


——斬。


私が放った一撃はビッグ☆サイトウロボの装甲を突き破り、中枢部まで打ち抜いた。

『き、緊急脱出っちゅ！』

次の瞬間。

激しい爆音とともに、ビッグ☆サイトウロボは大爆発を起こした。


『覚えてろ～～～～～～～』

キラーン☆
爆風に吹き飛ばされたマジェコンヌとワレチューの二人は、夜空の星となった。

◆　◆　◆

「あ、そこは……」

身体《からだ》の上を這《は》いまわるしなやかな指先。

痺《しび》れるような甘美な刺激に、抑えようとしても抑えきれない甘い声が、かみしめた唇の間からこぼれてしまう。

「ふぁ、ああ……」

艶《なま》めいた響きは密室の中に反響し、いつまでも耳に残るようで。

それがわたしに複雑な感情を抱かせていることを、彼女は知らない。

「ダ、ダメだよ、ベールぅ……」

「って、やめなさいっ！」

湯煙に包まれた大浴場に、ノワールのツッコミの声が響く。

「わわっ!?」

「そういうネタを二度もやるんじゃないのっ。あんな微妙な方向性のネタは一回でも下手したら怒られるっていうのに。まったく危なくてしょうがないわ」

ネタ？　微妙な方向性？　んー、よくわからないなぁ。

「あ、でも、ノワール」

「何よ」

「天丼《てんどん》って結構うけがいいんだよ」

「おもいっきりわかってるじゃないのっ！」

「えへへ」

愛想笑いを浮かべながら、湯船に腰を下ろす。

はぁ、疲れた身体にしみるよぉ。

「あ、ところでさ。あれってどうなったの？」

他《ほか》の人に聞かれるのもなんなんで、こそこそとノワールに耳打ちする。

「あれって……ああ、シェア争いのことね」

「それなんですけど……」

と、ベールがお湯の中を近寄ってきつつ、会話に加わる。

「四つのSBを確認したのですが、残量計はどれもゼロでしたの」

「最後の戦闘が原因だと思うわ」

隣で静かに湯船につかっていたブランがぽつりと言う。

「ということは……引き分け？」

「まぁ、そうなるわね」

意外とさばさばした様子のノワール。

そっかぁ。引き分けかぁ。ちょっと残念な気もするけど……でも、これはこれで良かったのかもしれない。だって、今日はみんなで頑張ったっていうのに、順位がついて、変に気まずくなったら嫌だし……。

うん、そうだね。やっぱりこれで良かったんだ。

内心、ひとりで納得していると。

「ネプテューヌ。何、にやにやしてるのよ」

わたしの様子に気づいたのか、ノワールが肘《ひじ》でつついてきた。

「んー、何でもないよ」

「そのにやけきった表情で何もないわけないでしょ！」

じゃばじゃばとお湯をかき分けながら、ノワールがつかみかかってくる。

「きゃー、ノワールに襲われるー♪」

「人聞きが悪すぎるわっ!!」

顔を真っ赤にしたノワールから、ブランとベールがほんの少し距離を開けた。

「大変。ノワールが発情しましたわ」

「私も避難した方がいいかしら？」

「アンタたちも乗らないのっ!!」

こうして――大浴場にノワールの叫び声とわたしたちの笑い声がこだまする中、今日という一日の幕が下りていった。

あー、楽しかった。

「ファンレター、作品のご感想をお待ちしています」

あて先

〒150-0002　東京都渋谷区渋谷3-3-5　NBF渋谷イースト
株式会社メディアファクトリー　MF文庫J編集部気付
「八木れんたろー先生」係　「ひづき夜宵先生」係

http://mfe.jp/ecs/

上記二次元バーコードまたはURLより本書に関するアンケートにご協力ください。
（本書の携帯待受画像がダウンロードできます）

★スマートフォンにも対応しております（一部対応していない機種もございます）。　★お答えいただいた方全員に、この書籍で使用している画像の無料待ち受けをプレゼント！　★サイトにアクセスする際や、登録・メール送信時にかかる通信費はご負担ください。　★中学生以下の方は、保護者の方の了承を得てから回答してください。

MF文庫J

超次元ゲイム ネプテューヌ
TGS 炎の二日間

発行	2013年5月31日 初版第一刷発行
著者	八木れんたろー
発行人	三坂泰二
発行所	株式会社 メディアファクトリー 〒150-0002 東京都渋谷区渋谷3-3-5
印刷・製本	株式会社廣済堂

Printed in Japan ISBN 978-4-8401-5192-4 C0193

MF文庫J

新作ラインナップ紹介

超次元ゲイム ネプテューヌ

TGS炎の二日間

著者 八木れんたろー　イラスト コンパイルハート／ひづき夜宵

架空のゲーム機をヒロインに見立て、ゲイムギョウ界を舞台に女神たちの友情と絆を描くアニメ「超次元ゲイム ネプテューヌ」のノベライズ第1弾！ マハリク☆メッセにて各国のゲームを披露する式典「TGS」を開催するネプテューヌたち。お祭り騒ぎの会場とは裏腹に、着々と進行する良からぬ企てとは……!?

化魂《ばけたま》ムジナリズム

著者 頂生崇深　イラスト maruco

「――そなたは確かに一度、命を落とした」銀杏ヶ峰高校１年・御陰和希（みかげかずき）は、ある日妖怪に襲われ命を落としてしまう。しかし化狸の妖怪・間宮鈴（まみやすず）の中にある化魂を身に宿すことで再び息を吹き返した。「さあ選ぶがよい。妖怪に負わされた傷でこのまま死ぬか。それとも、ワシの従僕となるか!」

MF文庫J http://www.mediafactory.co.jp/bunkoj/

スリーピング・ストレーガ3

著者 真野真央　　**イラスト** 風瑛なづき

「昔話をしましょうか」君色を前に、来巻フレアは滔々と語り出す。凶星魔王<ストレーガ>が願い、フレアに託された計画の全貌を。異界を繋ごうとする大家族<グランファミリア>とこれを阻止するソサエティの魔術師たちとの狭間で、君色とリオが選択したのは──「駈け落ち」!?　真夜中の美少女バトルコメディ第三幕！

つきツキ！11

著者 後藤祐迅　　**イラスト** 梱枝りこ

「──ここに戻ってくることは、もう二度とないと思う」マキナが生徒会長に就任し、人間界に残ることを決意してくれたことにほっとしていた矢先、エルニがオレにそう告げた。今度こそ本当の家族として家にいてもらえるよう、オレはあれこれ考え、行動をする。しかし、エルニの心はあの時から変わらないままで──。

機巧少女《マシンドール》は傷つかない 11
Facing "Doll's Master"

著者 海冬レイジ　　**イラスト** るろお

結社の大幹部〈金薔薇〉の魔女アストリッドによる学院襲撃を退けた雷真達。だが、その代償はあまりにも大きく、夜々の金剛力の魔術回路が消失、重篤の危機に陥った。夜々の身体を直せる可能性を持っているのは、その作り手である花柳斎硝子だけ。しかし、その硝子が行方不明になり……!?

第10回 MF文庫J ライトノベル新人賞 募集要項

MF文庫Jにふさわしい、オリジナリティ溢れるフレッシュなエンターテインメント作品を募集いたします。他社でデビュー経験がなければ誰でも応募OK！ 応募者全員に評価シートを返送します。

最優秀賞	正賞の楯と副賞100万円
優秀賞	正賞の楯と副賞50万円
佳作	正賞の楯と副賞10万円

★賞の概要

10代の読者が心から楽しめる、オリジナリティ溢れるフレッシュなエンターテインメント作品を募集します。他社でデビュー経験がなければ誰でも応募OK！ 応募者全員に評価シートを返送します。年4回の〆切を設け、それぞれの〆切ごとに佳作を選出します。選出された佳作の中から、通期で『最優秀賞』、『優秀賞』を選出します。

★審査員

あさのハジメ先生、さがら総先生、三浦勇雄先生、MF文庫J編集部、映像事業部

★〆切

本年度のそれぞれの予備審査の〆切は、2013年6月末（第一期予備審査）、9月末（第二期予備審査）、12月末（第三期予備審査）、2014年3月末（第四期予備審査）とします。※それぞれ当日消印有効

★応募規定と応募時の封入物

未発表のオリジナル作品に限ります。日本語の縦書きで、1ページ40文字×34行の書式で80～150枚。原稿は必ずワープロまたはパソコンでA4横使用の紙に出力（感熱紙への印刷、両面印刷は不可）し、ページ番号を振って右上をWクリップなどで綴じること。手書き、データ（フロッピーなど）での応募は不可とします。

■封入物 ❶原稿（応募作品）❷別紙A タイトル、ペンネーム、本名、年齢、郵便番号、住所、電話番号、メールアドレス、略歴、他賞への応募歴（多数の場合は主なもの）を記入 ❸別紙B 作品の梗概（1000文字程度、タイトルを記入のうえ本文と同じ書式で必ず1枚にまとめてください） 以上、3点。

※書式等詳細はMF文庫Jホームページにてご確認ください。

★注意事項

※各期予備審査の進行に応じて、MF文庫Jホームページにて一次通過者の発表を行います。
※作品受理通知は、追跡可能な送付サービスが普及しましたので、実施しておりません。
※複数作品の応募は可としますが、1作品ずつ別送してください。
※非営利に運営されているウェブサイトに掲載された作品の新人賞へのご応募は問題ございません。ご応募される場合は応募シートの他賞への応募履歴の欄に、掲載されているサイトのお名前と作品のタイトル名、URLをご記入ください。
※ウェブサイトに掲載された作品が新人賞を受賞された場合、掲載の取り下げをお願いする場合がございます。ご了承下さい。
※15歳以下の方は必ず保護者の同意を得てから、個人情報をご提供ください。
※なお、応募規定を守っていない作品は審査対象から外れますのでご注意ください。
※入賞作品については、株式会社メディアファクトリーが出版権を持ちます。以後の作品の二次使用については、株式会社メディアファクトリーとの出版契約に従っていただきます。
※応募作の返却はいたしません。審査についてのお問い合わせにはお答えできません。
※新人賞に関するお問い合わせは、メディアファクトリーカスタマーサポートセンターへ
☎0570-002-001（月～金 10:00～18:00）
※ご提供いただいた個人情報は、賞選考に関わる業務以外には使用いたしません。

★応募資格 不問。ただし、他社で小説家としてデビュー経験のない新人に限ります。

★選考のスケジュール

第一期予備審査	2013年 6月30日までの応募分	選考発表／2013年10月25日
第二期予備審査	2013年 9月30日までの応募分	選考発表／2014年 1月25日
第三期予備審査	2013年12月31日までの応募分	選考発表／2014年 4月25日
第四期予備審査	2014年 3月31日までの応募分	選考発表／2014年 7月25日
第10回MF文庫Jライトノベル新人賞 最優秀賞		選考発表／2014年 8月25日

★評価シートの送付

全応募作に対し、評価シートを送付します。

※返送用の90円切手、封筒、宛名シールなどは必要ありません。全てメディアファクトリーで用意します。

★結果発表 MF文庫J挟み込みのチラシ及びホームページ上にて発表。

〒150-0002 東京都渋谷区渋谷3-3-5 NBF渋谷イースト
（株）メディアファクトリー MF文庫J編集部 ライトノベル新人賞係